김수미 희곡집 4

나는 꽃이 싫다

김수미 희곡집 4

나는 꽃이 싫다

초판 1쇄 인쇄일   2022년 11월 10일
초판 1쇄 발행일   2022년 11월 15일

지 은 이   김수미
만 든 이   이정옥
만 든 곳   평민사
　　　　　서울시 은평구 수색로 340 〈202호〉
　　　　　전화 : 02) 375-8571   팩스 : 02) 375-8573
　　　　　http://blog.naver.com/pyung1976
　　　　　이메일　pyung1976@naver.com
등록번호   25100-2015-000102호
ISBN   　978-89-7115-075-7   03800
정　　가   14,000원

이 도서는 한국출판문화산업진흥원의
'2022년 우수출판콘텐츠 제작 지원' 사업 선정작입니다.

김수미 희곡집 4

나는 꽃이 싫다

평민사

서문

네 번째 희곡집을 내면서 서문 쓰기가 힘들었습니다. 인생의 한 페이지를 넘기는 시기라 그런지 아니면 인생의 한 페이지를 넘겨야 하는 시기에 사로잡힌 상념이 있어서인지 시간이 오래 걸렸습니다.

기록에 남겨질 단상.

하나, 극은 관계다.
극이 무엇인지 설명하는 자리가 있다면 그 서두를 이 말로 엽니다.
"극은 관계다."
그리고 묻습니다. 당신이 세상에 태어나 관계 맺고 있는 것에 대해서….
사람, 자연, 종교, 과학, 사회, 국가, 역사, 시간, 공간, 사물, 우주, 돈, 문화, 예술, 교육, 환경 디지털 등등…. 인간이 성장하고 삶을 살아감에 있어 관계를 맺게 되는 모든 것은 유기적으로 작용하며 한 인간의 세계를 만들고 그 세계는 다른 세계와 관계를 맺으며 삶이 되니까요.

나를 둘러싼 관계를 읽어 내면서 그 모양이 어떠한지 모든 감각을 열고 들여다보는 것에서부터 극 쓰기의 출발을 해보라고 거기서 마주하게 된 질문이 작가의 화두가 될 것이라고 말합니다. 작가의 상상력을 자극하는 모든 관계를 애정합니다.

둘, 작가의 상처는 작품의 언어가 된다.

2022년 여름 어느 날, 20년 전 쓴 작품을 공연하면서 배우들과 처음 만난 연습장에서 작품을 설명하며 했던 말입니다. 구원이 신의 전유물이라면 인간은 인간에게 할 수 있는 게 무엇인가? 인간이 어둠과 마주하게 된다면 할 수 있는 게 기도밖에 없다는 것인가?라는 질문이 나오며 내 안에서 태풍이 일 때 쓴 작품이었다는 설명과 내 안의 어둠이 말을 거는 것 같다고 했습니다. '마주할 용기가 있어? 무너지지 않을 자신 있어?'라고… 어둠은 이겨냈다고 사라지는 게 아니라 지웠다고 없어지는 게 아니라 어둠 하나를 넘어서고 나면 또 다른 어둠이 그 자리를 차지하는 거 같다고도 말했습니다. 요 몇 년 사이 찾아온 어둠과 마주하며 이 작품을 무대에서 보고 싶었노라 그래서 감사하다고 전했습니다. 상처가 생기면 작품 하나 써지겠구나, 그런 맘으로 선물 받았다, 생각할 수 있으니 작가라는 직업이 꽤 괜찮을지도 모르겠습니다.

셋, 허무는 열심히 살아낸 사람만이 받을 수 있는 훈장이다.

사랑이 끝이 허무라면 그 사랑에 최선을 다한 내가, 사랑하는 시간에 있었다는 증거입니다.

지나온 시간 속에 열심히 살아낸 내가 있어야만 느낄 수 있는 것이라고 여깁니다.

사람과의 관계에도 그랬습니다. 마음을 다했던 시간이 있었기에 부정하고 분노하고 허무도 마주합니다. 누군가 물었습니다. 사람이 두렵거나 믿지 못하게 되었냐고…. 답했습니다. 사람에게 마음을 다하는 나의 태도는 무너트리지 못했다고.

작품을 쓰기 위해선 판단하거나 평가하지 말고 마음을 다해보라고 말합니다. '본다'는 행위를 좁은 세계관으로 가두지 않기 위한 훈련이 필요하다고 말합니다. 완전한 완성의 결론은 알 수 없는 답이니 그 과정에 충실히 하고자 하는 걸지도 모르겠습니다.

사람은 떠나기도 하고 남기도 합니다. 긴 시간을 같이하며 감동을 주기도 하고, 끊어내며 지옥을 주기도 합니다. 흔적 없는 이별은 불가능할지 모릅니다. 그런데 흔적 없는 이별에 젖었던 쓸쓸함이 차라리 축복이었다는 생각을 한다면 그건 참 서글퍼집니다. 사람을 보는 시간은 봐도 본 것이 아닐 수도 있고, 아는 게 아는 것이 아닐 수도 있고, 들어도 들은 것이 아닐 수도 있습니다. 그저 다른 경험을 하는 시간이었을 겁니다. 사람이 있어 아프고 고통이고 다행이고 힘이고 감동이었던 시간이기도 했습니다. 작가의 시간은 아직 더 살아야 하나 봅니다. 허무라는 훈장을 아직 받질 못했습니다.

참으로 오랜만에 희곡집을 묶으며 머리와 마음을 지배하고 있던 단상 몇 개를 꺼내 놓습니다. 이 시간이 지나고 다음 희곡집에 실리길 기다리고 있는 작품들을 묶을 때는 어떤 단상들을 기록하게 될까요?

〈인간이란?〉 이 단순하고 거대한 질문의 답을 찾고자 시작한 저의 작품은 여전히 인간을 묻습니다. 인간과 관계 맺고 있는 모든 것에 관해 묻습니다. 답이 없는 질문은 질문이 잘못된 거라는 저의 작품 속 대사처럼 답을 못 찾으면 질문이 잘못된 걸까요? 질문을 위해 답 대신 또 다른 질문을 만드는 걸까요? 질문한다는 것만으로도 아직 살아 있는 걸지도 모릅니다.

그래서 나는 답 없는 질문을 해대는 이 시간이 좋습니다. 그 힘이 작품을 쓰게 합니다.

증명하기 위해, 살기 위해, 상처와 마주하기 위해, 지배당하지 않기 위해, 답을 찾기 위해, 분노를 토해내기 위해, 사랑하기 위해, 따뜻해지기 위해, 정의를 위해, 선을 위해, 감동을 위해, 재미를 위해, 사유하기 위해, 행복하기 위해, 감정정화를 위해, 용서하기 위해 등등 무엇을 위하든 그 위함이 나를 세우길….

2022년 가을 새벽 감기는 눈을 허락하며…

김수이

나는 꽃이 싫다

등장인물

엄마
딸

무대

도심 중심에 위치한 호텔방.
침대, 화장대, 티테이블과 1인용 소파, 한쪽에 여행용 트렁크도 보인다.
침대는 자고 일어난 흔적이 말끔히 지워진 정리된 모습이다.
테이블 위에는 초콜릿과 머핀 정도의 간식이 놓여있다.
소파 위에 걸쳐져 있는 정장. 저녁 식사 때 입을 옷이다.
화장대 위에는 책이 놓여있다.
무대 뒤쪽은 욕실이다.

극이 시작되면 가운 차림의 엄마가 화장대에 앉아 화장을
하고 머리를 만지고 있다.

벨소리.

엄마, 문을 열어준다.

말없는 고개인사를 하며 들어오는 딸.

엄마 너구나.

딸 안녕하세요?

엄마 알아보겠니?

딸 네.

엄마 알아보겠다. 네 아버지를 많이 닮았네.

딸 …

잠시 서로를 보다…

엄마 (팔을 벌리며) 한 번 안아보자.

어색한 포옹을 하는 엄마와 딸.

딸 차가 막힐 줄 알았는데…

엄마 괜찮아. 약속시간보다 먼저 오는 건 좋은 습관이야. 잘

배웠구나. 그런데 그거보다 더 좋은 건 시간을 정확히 맞추는 거지. 서로 불편하지 않게…

딸   죄송해요.

엄마   아니. 다른 사람과 만날 때 그러라는 거야. 나도 조금 일찍 만날까 했어. 이런저런 이야기도 나눌 겸. 저녁식사 때는 친척들도 오니까 너와 얘기하기가 그렇겠다 싶어서… 운전하니?

딸   아니요. 차 없어요. 택시 탔어요.

엄마   미국은 운전 못하면 아무것도 못한다.

딸   어디 사세요?

엄마   삼촌이 말해 준 줄 알았다.

딸   묻질 않았어요.

엄마   왜?

딸   그냥… 생각해보니까 어디서 어떻게 사는지는 알고 있어야 할 거 같더라구요.

엄마   시카고. 여기하고 많이 다르단다. 내가 사는 곳은 좀 멀어. 뭐 하나 사려 해도 멀리 가야 해서 운전을 꼭 해야 한단다. 요즘은 여자들도 운전하지 않니? 배우지 그랬어?

딸   네.

엄마   편하게 있으렴.

엄마, 욕실 쪽으로 간다.

딸, 소파에 걸쳐 둔 옷을 보고 침대에 걸터앉는다.

딸, 손을 가리고 자신의 입 냄새를 맡고는 주머니에서 구강
스프레이를 꺼내 뿌린다.

엄마, 간편한 옷을 걸치고 나온다.

엄마   의자에 앉지 그랬니?

딸, 침대에서 일어서며…

엄마   침대에 앉는 건 상대가 참 불쾌해 한단다. 난 괜찮은
        데 다른 집에 가서도 그럴까봐 가르쳐 주는 거야.

딸   옷이 있어서…

엄마   치우면 되지.

엄마, 옷을 들어 침대로 옮기며…

엄마   한국 사람들은 남에 집에 가서도 자기 집처럼 하지?
        자기 집에서도 그러면 안 되지만. 손으로 집어먹고 손
        에 묻은 걸 아무 데나 쓱 닦고, 밖에서 입었던 옷으로
        침대에 눕고 그러면 먼지가 다 어디로 가겠니? 너도

그러니?

딸, 의자에 앉는다.
엄마, 침대에 앉으며…

엄마 삼촌한테 부탁을 했단다. 널 찾아봐 달라고… 미국으
로 간 지가 오래 돼서 내가 아는 게 없단다. 길도 모르
겠고… 네가 올해 서른이겠구나. 한국 나이로… 걸음
마 시작 전에 갔으니까…

딸 서른하나에요.

엄마 그렇구나. 삼촌이 그러더라. 너 착하더라고.

딸 사진을 물으시던데요.

엄마 어릴 때 사진부터 다 있었는데, 네 외할머니 젊을 때
사진도 있고…

딸 간호복 입은 사진 본 기억은 있어요.

엄마 간호대학 다닐 때 찍은 걸 거다.

딸 찾으러 오실 거라고 했어요.

엄마 삼촌이 한 번 갔단다. 너 어렸을 때. 안 주더란다.

딸 사진 때문에라도 오실 거라고…

엄마 내가 두고 간 것 중에 후회되는 두 가지가 너랑 사진
이란다. 내가 미국 간 게 한국 나이로 스물여섯인가

그랬으니까 그전 시간이 없어져 버렸구나. 친구들 얼굴도 다 거기 있을 텐데…

딸   아빠가 잘 두라고 했는데… 죄송해요.

엄마   어쩔 수 없지. 뭐 좀 먹을래?

딸   괜찮습니다.

엄마   마실게… (냉장고를 열며) 주스 줄까?

딸   물 마실게요.

엄마   주스만 있단다.

엄마, 주스를 컵에 따른다.

딸   아빠는 제가 엄마 닮았다고 하셨어요.

엄마, 주스를 가져다주며…

엄마   닮았겠지. 딸인데… 그래도 네 아빠를 더 많이 닮았어.

딸   삼촌도 그러셨거든요. 근데 많이 다르네요.

엄마   내 젊을 때랑 비슷한 점도 있어.

딸   분위기 때문일까요? 제가 생각했던 것보다 훨씬…

엄마   생각한 거랑 많이 다른가 보구나.

딸   상상은 한 적 있어요. 여러 번… 얼굴은 아니고요. 사진을 봤으니까. 어떤 분일지… 어떻게 살고 계세요?

엄마 미국에서 살면 다들 부잔 줄 아는데 안 그래. 모두 열심히 산단다.

딸, 무슨 말인가 하려다 말고 초콜릿을 집는다.

엄마 초콜릿 좋아하니? 배고프면 머핀도 먹고.

딸 네.

엄마 너무 많이 먹지는 마라. 먹어도 되는데 저녁 먹을 거니까. 하루에 한두 개 정도가 좋아. 피곤할 때 도움이 되거든.

딸, 초콜릿 봉지를 만지작거리다 까서 입에 넣는다.

엄마 얼굴이 왜 그러니?

딸 어제 잠을 못 자서…

엄마 나도 그랬다. 불편하니?

딸 오랜만에 만났잖아요. 아니 처음이니까요.

엄마 피곤할 때는 화장을 연하게 하는 게 좋단다. 진하게 하면 나이 들어 보이잖아. 베이스도 안 먹어서 뜨고… 입술 색도 어울린다고 발랐겠지만… 다른 거 없니?

딸 (손으로 입술을 닦으며) 화장품을 가져 온 게 없어서…

엄마 (티슈를 주며) 손에 립스틱 묻잖니. 또 그 손으로 여기 저기 만질 거 아니야.

딸 (티슈로 받아 닦으며) 보통 때는 가지고 다니는데…

엄마 얼굴에 자꾸 손대는 것도 안 좋아. 병균이 많단다. 손은 자주 씻는다 해도… 너 여기 들어와서 손 안 씻었지? 오면서 이것저것 다 만졌을 거 아니니?

딸 (일어서며) 화장실 좀…

엄마 입술에 아무것도 안 바른 것도 사람이 생기가 없어 보이니까…

엄마, 화장품 가방에서 립스틱을 내밀며…

엄마 눈 화장도 살짝 지우고… 연하게…

딸, 립스틱을 들고 욕실로 간다.
엄마, 딸의 가방을 이리저리 살피고는 딸이 벗어놓은 구두를 본다.
구두를 내려놓고는 트렁크에서 옷을 꺼낸다.
딸, 욕실에서 나온다.

엄마 훨씬 낫구나.

딸, 소파에 앉는다.

엄마 옷 니 꺼니? 좀 작구나.

딸, 단추를 푼다.

엄마 너도 술 좋아하니?

딸 조금…

엄마 좋아하겠지. 그 집 식구들이 술을 좋아하지. 짜게 먹어
도 살이 찐단다. (옷을 내밀며) 이걸로 입어라. 구두 뒷
굽이 까졌더구나. 새 걸 사라는 건 아니고. 뒷굽은 수
선해서 깨끗하게 신으면 좋잖아. 신발 몇 신니?

딸 245요.

엄마 나랑 비슷하겠다. 구두를 많이 가져 오질 않았다만 바
꿔 신어.

딸 제가 부끄러우세요?

엄마 가방도 이미테이션(imitation)이더구나. 그런 건 안 드는
게 낫단다.

딸 빌렸어요. 옷도… 빌려 입고 온 거예요.

엄마 잘 보이고 싶었겠지. 없으면 없는 대로 솔직한 게 좋단다.

딸 호텔에서 식사를 한다니까… 친척들도 만난다고 하고… 잘 자랐다는 말도 듣고 싶었어요.

엄마 그런 건 꾸민다고 되는 게 아니야.

딸, 재킷을 벗는다.

딸 가진 옷 중에 마땅한 게 없어서요.

엄마 한, 두 벌 정도는 가져도 될 나인데…

엄마, 딸에게 옷을 건네며…

엄마 입어 보렴. 너 주려고 사 온 거야.

딸, 옷을 받는다.

엄마 삼촌한테 들었다. 일을 구하고 있다고… 계획은 있니?

딸, 머핀을 손으로 집는다.

엄마 포크를 쓰지?

딸 손 씻었어요.

엄마 (앞 접시를 세팅해주며) 청소해주긴 한다만 부스러기 떨어지니까. 들고 한 번에 다 먹을 수도 없는 거고. 먹던 걸 다른 거랑 같이 두면 다른 사람이 먹기가 그렇잖아. 한국에선 찌개에다 다 같이 수저 넣고 그러지?

딸 아빠에 대해선 안 물어보세요?

엄마 (다시 침대 쪽으로 가며) 사람은 다 죽는단다. 삼촌한테 들었다.

딸 다음 달이면 3년 돼요. (잠시) 어떻게 돌아가셨는지 물으실 줄 알았어요.

엄마 병원에 있을 때, 중환자실에 있었거든. 있어보면 다들 살고 싶어 한단다. 버리지 못하는 미련 덕에 의학이 발전된 건지도 모르겠다만 주사로 생명을 연장하는 게 살아 있다고 할 수 있는 건지…

딸 환자도 살고 싶을 수 있잖아요,

엄마 환자는 아무것도 몰라. 중환자실 와서 튜브 꽂으면 끝이라고 봐야 돼.

딸 두려워서겠죠.

엄마 하나님을 믿으면 두렵지 않은데…

딸 돈이 없었어요. 돈이 없다고 했어요. 아빠랑 같이 사셨던 분이 계셨거든요. 어느 날 친척들을 다 불렀어요. 병원비 보탤 사람 없으면 호흡기 떼겠다고. 모두 약속이라도 한 것처럼 아무 말도 없었어요. 저한테 잘 판단하라고만 했어요. 모두 약속이라도 한 것처럼… 망설임으로 하루를 넘길 때마다 그 여자는 저한테 와서 병원비가 얼마 드는지 말했어요. 저한테 돈 있냐고…

엄마 피만 돌게 해서 생명을 연장하는 게 무슨 의미겠니? 의학이 발달한 요즘 시대엔 죽음도 선택이란다.

딸 장례식장에서 저한테 독하다고 했어요.

엄마 화장했니? 요즘은 화장도 많이 한다던데…

딸 유언처럼 남기신 말이라 묘 썼어요.

엄마 내가 가보는 게 좋겠니?

딸 죽은 아빠지만 좋아하실 거예요. 정말 가고 싶으세요?

엄마 네가 원한다면 가 줄 수 있다.

딸 괜찮아요. 아빠에겐 미안하지만요.

엄마 네 아빠가 살아 있었다면 안 왔을 거다. 왔어도 널 만나진 못했겠지.

딸 아버진 많이 기다리셨어요.

엄마 네 아버질 만나는 게 싫었단다.

딸 …

엄마 내가 이렇게 말하니까 불편하니?

딸   이해해요.

어색한 침묵이 흐른다.
딸, 초콜릿을 먹는다.

엄마   저녁 먹을 건데… 나이가 들수록 벨트에 구멍 칸이 하나씩 늘어난단다. 그런데 그거, 참 문제거든. 미국은 비만이 많단다. 네가 그렇다는 얘기는 아니고…

딸   …

엄마   내가 괜한 말을 해서 먹는데, 불편하게 했구나.

엄마, 창가 커튼을 열며…

엄마   가끔 공기를 바꾸는 게 좋단다.

딸   언제 오셨어요?

엄마   이주일쯤. 30년 만이라 만나야 할 사람들도 많고… 친척들 보는 것도 오늘밖에 시간이 없었단다.

딸   언제 가세요?

엄마   두 주는 더 있을 듯하다. 가기 전에 넌 한 번 더 볼 생각이다만 시간이 될지는 모르겠다. 너는 언제 시간이 괜찮니?

딸   편하실 때요.

엄마   무슨 일을 했었니? 전공은? 삼촌 말로는 대학을 안 간 거, 같다더구나.

딸   그래도 나름… 잘 살고 있어요.

엄마   한국도 취직하기 힘들다지. 미국도 그렇단다. 그래도 잡(JOB)을 가질 사람들은 가졌단다.

딸   걱정 마세요.

엄마   네가 알아서 하겠지만 공부는 꼭 해야 한단다. 선택을 할 때의 기준은 배울 필요가 있으니까.

딸   결과만 따지는 시대긴 하지만 사람의 가치는 그 과정에 있잖아요. 저도 나름 최선을 다했어요.

엄마   네 아버지가 공부는 시킬 줄 알았는데… 한국에선 고등학교라고 하지? 졸업했니?

딸   …

엄마   얘기할 게 없니?

딸   …

엄마   네 아버지가 널 때리면서 키웠니? 맞았어?

딸   …

엄마   나한텐 말해야 돼.

딸   …

엄마   그래도 건강한 게 어디니? 건강하게 살아있으니까 뭐든 하면 되지. 제대로 된 직업도 갖고. 계획은 있니?

딸 무슨 계획이요? 직업은 상관없어요. 살아있는 게 중요
한 거 아닌가요?

엄마 어른의 인생을 살아야지. 제대로 사는 길이 아니란다.

딸 성공은 판단기준에 따라 다르지 않을까요. 그런 거라
면, 전 절 마음대로 못하게 하는 거요.

엄마 제대로 살아야지.

딸 각자 주어진 삶이 있는 거 같아요.

엄마 인생 바꾸는 건 쉽단다. 어떤 방법으로 바꿀지에 따라
서 다르지만…

딸 걱정 마세요.

엄마 내 자리가 어딘지 봐야 돼. 터무니없이 뭐든 될 거야.
될 수 있어. 그런 사람들은 행복하지 않단다.

딸 전 괜찮아요. 나쁘지 않아요.

엄마 교회를 다녔으면 좋았을 텐데… 삼촌도 안타까워하더
라. 너희 아버지도 교회를 안 다녔지. 너라도 믿음을
갖게 해줬으면 좋았을걸.

딸 다닌 적은 있어요.

엄마 머핀을 먹을 때 기도를 하지 않더구나. 널 만나면 기
도를 할까 하다가… 천천히 하기로 하자.

딸 스무 살 때까지는 했어요.

엄마	기도는 멈추는 게 아니란다. 기도해라. 방법을 가르쳐 주실 거다.
딸	이것저것 하고 있어요. 여러 경험을 하다보면 저만의 길을 찾을 수 있겠죠.

엄마, 차고 있던 십자가 목걸이를 빼서 딸의 손에 쥐어준다.

엄마	열심히 기도하다 보면 역할을 찾게 도와주실 거다.
딸	…
엄마	하렴. 잃어버릴라.

딸, 목걸이를 차려는데 잘 안 된다.

딸	나중에 할게요.
엄마	내가 해주마.

엄마, 딸의 목에 십자가 목걸이를 걸어주며…

엄마	널 지켜 줄 거다. 나한테 그랬듯이… 왜 교회를 다니다 말았니?
딸	…

엄마   말이 없구나. 성격 탓이니?

딸   그냥…

엄마   우리한텐 시간이 별로 없단다.

딸   감사합니다. 목걸이요.

엄마   그래. 작은 거라도 받으면 쌩큐를 항상 해야 한단다. 마음에 드니?

딸   네.

엄마   거울도 보지 않았잖니?

딸, 화장대 쪽으로 가서 거울을 본다.

딸   이뻐요.

엄마   우리 조금은 더 솔직한 대화를 하는 거 어떨까? '괜찮아요.' '됐어요.' '네.' 그런 대답만 들을 거 같았으면… 그럴 거 같았으면…

딸, 화장대 위에 놓인 책을 본다. 『굿 맘』

엄마   딸이 쓴 거다. 이번에 책을 냈어.

딸   (책을 덮으며) 사시는 곳은 어쩌세요?

엄마   미국 가고 싶니?

28

딸　궁금해서요.

엄마　영어 잘 하니?

딸　아니요.

엄마　영어 못하면 미국 가서 할 수 있는 게 공장에서 일하는
　　　거야. 아무리 여기서 대단한 일을 했어도 아무 소용이
　　　없단다. 거지도 많고 한국은 그래도 총은 많이 없잖아.
　　　가장 많이 하는 게 네일숍에서 일하는 거란다.

딸　그냥 사시는 게 궁금해서 물은 거예요.

엄마　중환자실에서 근무하는 게 쉬운 건 아니란다. 한국인
　　　의사들도 보면 정말 열심히 산단다. 미국에 살면 다
　　　잘 사는 줄 아는데 그렇지 않단다. 얼마나 열심히들
　　　사는지 몰라. 열심히 산 사람들도 세금 떼고 나면 없
　　　단다.

딸　바라는 거 없어요.

엄마　바라는 게 있어도 줄 게 없단다.

　　　사이…

딸　결혼하셨어요?

엄마　지금은 아니란다.

딸　이혼하셨어요?

엄마 너도 결혼해야지? 남자는 있니? 삼촌이 물었는데 대
     답을 안 했다더구나.

딸   네. 있어요.

엄마 관계는? 어느 정도 사이니?

딸   …

엄마 말하기 싫구나. 사생활을 지켜주는 게 정상이니까…

딸   …

엄마 엄마와 딸이래도. 속을 털어놓고 이야기할 의무는
     없지.

딸   그냥…

엄마 그냥 남자말고… 뭘 하는지 어떤 집안에서 자랐는
     지… 하나님은 믿니? 그건 참 중요하단다. 성격은 어
     떠니? 너한테 잘해주니? 결혼은 할 거니? 어떤 남자인
     지는 모르겠다만…

딸   만나 보실래요?

엄마 아니 네가 확신이 서면 그때 보지 뭐. 천천히… 그 전
     에 다시 생각해라. 결혼은 조금 다르단다. 삼촌한테 좋
     은 남자가 있는지 알아봐달라고 할까? 삼촌도 얼마 전
     에 아들을 결혼시켰는데 같은 교회에 다니는 여자랑
     했단다. 서로 집안도 보고 믿음도 같으니까 문제가 생
     겨도 기도로…

딸   (말을 가로채며) 사귀는 남자 있다니까요.

엄마   어떤 남자니?

딸   그냥…

엄마   말 못하는 거 보니까 알만하구나.

딸   좋은 집안 남자는 저 안 좋아해요.

엄마   …

딸   아빠 돌아가셨을 때 옆에 있어 준 사람이에요.

엄마   위안이 됐겠구나. 슬플 땐 많은 것이 약해진단다. 작은 친절에도 흔들리지.

딸   처음엔 실감이 나질 않았어요. 일주일쯤 지나서야 혼자 남았다는 걸 알게 됐죠.

엄마   새엄마가 있었던 거 아니니?

딸   떠났어요. 그건 괜찮아요. 아빠한테는 수많은 여자가 있었고, 내게도 수많은 엄마가 있었지만 내가 엄마라고 불렀던 그 여자들 중에 날 딸이라고 부른 사람은 없었으니까요. 그래서 알았어요. 떠날 거라는 걸. 알았지만 마지막 인사는 하고 갈 줄 알았는데… 일하고 돌아와 보니까 이사를 갔더라구요. 제 물건만 남겨둔 채. 이삿짐 박스 3개. 그게 다였어요.

엄마   그 사람들을 원망하면 안 된단다. 네 아빠가 무조건 다 잘했다고 해도 그건 쉬운 일이 아니야.

딸	무서웠어요. 두려웠고… 아팠고… 외롭고… 뭘 해야 할지 모를 때 전화 한 통에 달려와 준 사람이에요.
엄마	같이 살겠구나.
딸	네. 그 사람 원룸에서…
엄마	피임은 하니?
딸	…
엄마	말해보렴.
딸	밀린 고지서 얘길 해드릴까요? 듣고 싶으세요?
엄마	피임을 안 할 거면 담배는 끊어라.
딸	…
엄마	그렇게 하면 안 된단다.
딸	왜요?
엄마	누구도 그렇게 안하니까.
딸	… 담배가 절 잡고 있는 거예요.
엄마	내가 피지 말란다고 말을 들을 건 아니겠지만… 아이가 건강하지 않을 수 있어. 병원에 있어보면 자주 보게 된단다.
딸	피임해요.
엄마	네 몸이니까 내가 간섭할 수 있는 건 아니다만 … 같이 식사할 친척들은 몰랐으면 좋겠구나.

엄마, 화장대로 가며…

엄마　자기 전에 샤워하니? 외출하기 전에 샤워하니?

딸　외출 전에요.

엄마　두 번 다 하는 게 좋단다. 꼭 운동을 안했어도 땀이 나거든. 공기 중에 먼지가 얼마나 많니. 샤워하고 나면 향수는 뿌리니?

딸　그냥 가끔…

엄마　(향수를 내밀며) 샤워를 해도 냄새가 있단다. 생활 습관에서 밴 냄새도 있지만 음식을 먹거나… 화장실을 가거나… 그런 거 없이도 사람한테는 냄새가 있어.

딸, 향수를 뿌리며…

딸　죄송하네요. 제가 살아온 삶을 충실히 보여드려서…

엄마　조금만 뿌리렴. 짙으면 상대의 머리를 아프게 한단다. 식사자리에선 예의도 아니고…

엄마, 딸에게서 향수병을 받아 화장대에 가져다 두며…

엄마　백합은 향으로 죽음에 이르게까지 한단다. 향으로 질

식된 감각은 복원되려면 시간이 걸리지. 삶의 방식도 그렇단다. 시간이 지나고 감각에 대한 기억력이 복원될 때쯤, 정신을 차리고 나면 그때서야 해야 할 일을 하게 된단다.

딸 전 향수 안 써요. 말씀하신 것에 따라 설명 드리자면 전 말짱해요. 무엇에도 지지 않았어요.

엄마 미술에 대해 아니? 나도 잘 모른다만… 믿음은 없어도 최후의 만찬은 알 테고… 다빈치의 최후의 만찬과 기를란다이오의 최후의 만찬을 본 적 있니? 직접은 아니어도 사진으로는 봤겠지. 두 그림은 같은 이야기를 그린 거지만 전혀 다르단다. 다빈치는 식탁을 작게 해서 인물들 간에 거리감을 좁혔단다. 가까운 거리에서 이야기를 나누는 모습이라 이야기에 집중되게 하고 있지. 예수의 말이 우리에게도 들릴 듯이… 원근법을 사용해서 벽장식을 표현하고 있단다.

엄마, 화장대로 가서 책을 뒤적이며…

엄마 밀라노 갔을 때 찍어 온 사진이 있을 텐데… 사람들의 시선을 한 곳에 모이게 하고 있어.

딸 여행 많이 다니시나 봐요?

엄마   옆에서 가자고 해서 가는 거란다. 이번에 상하이에 가는 것도 삼촌들이 가자고 해서 가는 거야. 트렁크에 뒀나.

엄마, 트렁크가 있는 곳으로 가며…

엄마   인물들의 손을 많이 쓰게 해서 말을 만들어 내고 반응도 그렸단다. 이야기를 사람들에게 알리는데 온 힘을 다했단다. (트렁크에서 사진 한 장을 꺼내며) 여기 있구나. 예수를 중심에 두고 양 옆에 제자들은 눕혔단다.

엄마, 딸에게로 가 사진을 보여주며…

엄마   창문이 있지만 사람들의 시선을 분산시키지는 못한단다. 기를란다이오의 최후의 만찬은 나도 직접 가서 보진 못했다만 감상을 중시하고 있지. '이곳은 그런 일이 벌어진 곳이다'라고… 예수에게 후광을 두어 예수님인 줄 알게 했다. 이야기 할 때의 상황을 그렸지. 식탁도 크게 그렸단다. 이야기보다 건축 양식에 신경을 더 많이 썼지. 창 너머의 자연풍광이라든지… 책은 많이 읽어두면 필요할 때가 있단다. 사람들 만나 대화하기도 좋고… 평생 지금 만나는 사람들만 만나고 살 건 아니잖아?

딸 저도 책 읽어요. 그렇게 멍청하진 않아요.

엄마 두 작가의 작품이 왜 다를까? 사람이 달라서? 아니, 선택을 한 거다. 무엇을 중요하게 담을지. 미술엔 정답이 없다고들 하지. 그것처럼 제대로 된 삶이란 게 정답은 없을지 몰라. 다만 분명한 건 선택은 있다는 거다. 선택에 따라 전혀 다른 그림이 그려진단다.

딸 '굿 맘'. 두 번째 선택에선 전혀 다른 그림을 그리셨나 봐요.

엄마 내 말이 불편하니?

딸 아니요.

엄마 엄마들은 다 잔소리를 해. 너도 엄마가 될 테니 알게 될 거야. 자연스럽게…

딸 듣고 싶었어요. 잔소리… 엄마랑 싸우는 친구들이 얼마나 부러웠는데요. 근데… 근데… 잔소리가… 잔소리라고 하는 그 모든 말이 비난으로 들려요.

엄마 그런 적 없다.

딸 날 모르잖아요. 내가 어떻게 살아왔는지 모르잖아요.

엄마 …

딸 누구도 날 흔들지 못해요.

사이…

엄마 가족이 되는 건 시간이 걸리지.

딸 그렇죠. 우린 아니죠. 아직은… 각자의 시간을 살아왔
으니까. 가족은 같이 살아온 시간이 있어야 하는데…
우리에겐 없네요.

엄마 그래서 필요한 게 시간이란다. 생활 방식을 맞추는
거야.

딸 그러게요. 같이 자 본 적도 없고, 같이 목욕한 적도,
일상을 나누며 추억이라 이름 붙일 것이 아무것도
없네요.

엄마 모두가 경험하는 거야. 시간이 조금씩 다를 뿐이지.

딸 그래서… 잔소리조차 잔소리가 될 수 없나 봐요.

엄마 넌 내 딸이다. 걸음마도 시작하기 전에 헤어졌지만 그
래도 내 딸이야. 젖 물려 본 적은 없다만 그래도 넌 내
딸이다. 그건 변하지 않아.

딸 30년이나 지났어요. 전화 한 통도 힘들었어요? 편지
한 통이라도…?

엄마 … 기다렸다. 스스로 용서할 수 있을 때를…

사이…

딸   좋은 엄만가 봐요?

엄마   그러려고 노력하지.

딸   부럽네요.

딸, 화장대로 가서 책을 집는다.

딸   알아요? 내가 있는지? 자기한테 언니가 있는지?

엄마   천천히 하려고…

딸   다른 동생도 있어요?

엄마   아니. 만날 일이 있을까 싶기도 하다.

딸   로… 론… 이름을… 뭐라고 읽어야 해요?

엄마   로렌츠(Lorentz) 킴. 원래는 제니야. 노벨상 탄 학자 이름을 썼단다.

딸   왜요?

엄마   로렌츠가 동물의 행동을 비교해서 인간 행동의 진화를 밝혀냈단다. 인간의 공격성이 어디서 오는지 뭐 그런 걸 연구했나 보더라. 본능적인 행동, 성질, 어떻게 그런 행동들이 나타났는지… 나도 책 보고 그 이름이 있길래 찾아봤다.

딸, 책에 실린 사진을 보며…

딸　닮았네요.

엄마　그래? 독특했단다. 생각하는 게… 착했고. 어릴 땐 다 그럴 테지만 미국은 마약이 문제거든. 그런 일도 없었고… 조기 유학들 많이 보내지? 어린애들 아무리 친척 집에 맡겨도 문제가 생긴단다. 마약을 쉽게 구할 수 있거든… 유학을 보낼 거면 부모가 다 같이 이민을 가든가. 엄마만 애들 데리고 오는 집도 아빠는 아빠대로 한국에서 힘들고 아이들 돌보러 온 엄마들도 미국에서 힘들고…

딸　자랑스럽겠어요.

엄마　나쁘게 살진 않겠지. 기도하는 아이니까.

딸　같이 안 살아요?

엄마　미국은 대학만 가면 독립을 하니까. 글 쓰려면 환경도 중요하고…

딸　결혼하실 거세요?

엄마　내가 이혼했다고 말했던가?

딸　말을 하든 안 하든 알 수 있는 것들이 있어요. 말을 해도 모르는 것도 있지만…

엄마　1년 쯤… 다른 여자가 생겼다는데 어쩌겠니. 이유는 좀 구질구질했다만 편안한 여자가 좋다나… 나쁜 사람이지. 미국 가서 얼마 안 됐을 거야. 같은 병원에서 만난 게… 그 사람 덕분에 살아낸 시간이 있어서 받아들이기로 했단다.

딸   좋은 사람 만나시면 되죠.

엄마   별로…

딸   누구에게나 남편은 필요해요.

엄마   누구랑 연애하기도 애매해진 나이에 혼자가 된 거지.

딸   여전히 아름다우세요. 제가 상상한 것보다 훨씬… 만나기 전에 여러 가지 상상을 했거든요.

엄마   말했었다.

딸   사람들 만나기 전에 계획이란 걸 세우잖아요. 내가 이렇게 말하면 상대가 이렇게 말할 테고 그럼 난 이런 행동을 보일 테고 그는 그 행동을 보며 이런 반응을 보이겠지. 추측하고 상상하고… 그런데 그게 뜻대로 안될 때가 있어요. 상황도 사람도… 억지로 맞추려 하다보면 꼭 문제가 생기고… 욕심을 부려서 될 수 있는 게 아니라는 거죠. 소나기를 맞는 것처럼… 그건 그냥 맞아야 해요.

엄마   네 생각까지 읽어 내라는 거니?

딸   딸의 마음이 어떤 모양인지 봐 줄 순 있잖아요.

엄마   … 제니도 그러더라… 딸들은 다들 그렇게 자길 봐달라고 하지. 잔인한 말을 아무렇지 않게 하면서… 책에

다 숨 막히게 규칙을 세워놓고 엄격하게 자식을 키우는 엄마로 써놨더라. 자신이 사육 당했다는 거지. 사람들은 결코 나를 두고 쓴 게 아니라지만 책 사이에 끼워서 보낸 메모를 보고 알았지. 〈엄마는 끔찍한 엄마에요.〉 이젠 왜 책을 내면서 그 이름을 썼는지 이해가 되지?

딸   시간에 맞춰 살게 몸을 길들이는 거부터 시작하지만 실제로 통제 가능한 게 몇 개나 될까요? 나를 잃을까 봐, 중심을 잃을까 봐. 인간힘을 쓰며 규칙을 세우지만…

엄마   그거라도 없으면 인생이 더 빨리 파괴되고 말걸.

딸   그러지 않을 수도 있어요,

엄마   '엄마들은 살아 온 시간보다 살 시간이 적어지면서 미래에 대한 계획은 사라지고 과거에 사로잡혀 완고해지고, 딸은 어릴 적 불편한 기억들을 무의식의 영역에 억압해 놓았다가 어떤 자극과 함께 변형되어 의식의 세계로 올라와서 마음과 달리 엉뚱한 방향으로 반응한다'고 책에다 써놓고는 나한테는 비난을 멈추지 않아.

엄마, 책을 서랍에 넣으며…

엄마 제니 얘긴 더하고 싶지 않구나. 기억을 태워 버릴 수 만 있다면 했을 거야.

딸 야생마를 길들이기 위해서 가장 먼저 해야 할 건 야생 마가 지치길 기다려 주는 거라잖아요. 지치면 돌아올 거예요.

엄마 딸을 두 번 잃을까 봐. 내가 얼마나 최선을 다했는 데…

딸 서로 기준이 달랐나 보죠. 좋은 엄마에 대해서…

엄마 사랑한다는 걸 보여주고 싶었는데… 그걸 못해줬어.

딸 친구가 필요했을지도…

엄마 말하지. 좋은 엄마는 못 돼도 그건 해 줄 수 있는데…

엄마, 냉장고로 가며…

엄마 입이 마르네. 공기가 덥지? 주스 더 줄까?

딸 괜찮아요.

엄마, 주스를 마시며…

엄마 네 얘길 듣는다는 게…

딸 괜찮아요.

엄마 30년이 짧은 시간은 아니다만 참 많이 바뀌었더라. 낯설어서 어디가 어딘지 모르겠어. 삼촌이 데려다주질 않으면 아무 데도 못 가겠어. 그래도 잘 오긴 한 거 같아. 떠나면서 두고 갔던 것들을 모두 찾아볼 생각이었다만 사진은 이미 포기해야 하지만… 친구도 만났고, 그리고… 너도 만났잖니. 처음엔 이 땅이 낯선 만큼 너도 낯설긴 했다만 핏줄이 무섭지.

딸 많은 것이 부족하죠. 바꾸려고 해봤지만 잘 안됐어요. 이젠 그러기에도 너무 늦어버린 것 같지만…

엄마 고칠 게 있으면 고치면 되지.

딸 제가 괜찮은 건 아무것도 없나요?

엄마 네 얘길 들으려고 일찍 만난 건데… 시간이 어떻게 됐나.

엄마, 시계를 보는데…

엄마 조금 있다가 준비해도 되겠다. 너도 옷 입어봐라. 잘 맞나.

딸, 옷을 들고 일어서려다 말고…

43

딸　다시 30년 전으로 돌아가서 선택하게 된다면…

엄마　그런 일은 일어나지 않는단다.

딸　만약에요. 만약에… 다른 선택을 할 수도 있는지…

엄마　네 아버지를 만나기 전이라면 모를까…

딸　말이라도… 날 선택했을 거라고… 이혼은 하더라도 나는 데려갔을 거라고… 그래 줄 순 없나요? 거짓말이라도…

엄마　그게 중요하니?

딸　저한테는…

엄마　아무리 좋은 말로 포장을 해도 거짓말이잖아.

딸　진실이 반드시 옳은 건가요?

엄마　뭘 기대한 거니?

딸　그러게요. 제가 뭘 기대했을까요?

사이…

딸　30년 만에 만나는 엄마니까. 가슴 절절할 정도는 아니어도 눈물 정도는…

엄마　너도 척하는 걸 좋아하는구나. 괜찮은 척, 대단한 척, 고상한 척, 불쌍한 척… 쿨한 척도 많이 한다지. 멋져 보이고 싶은 사람들이나, 동정 받고 싶은 사람들이 그런 짓을 하는 거란다.

딸　이게 맞아요? 맞냐고요?

엄마　챙겨주지 못한 거, 돌봐주지 못한 건 미안하다.

딸　그럼 전 뭐라고 해야 하죠? 사과를 받아주고 괜찮다고 해야 하나요?

　　원망을 쏟아낼까 생각도 했어요. '내 인생이 이렇게 된 건 다 엄마 탓이다. 엄마 때문이다.' 그런데 입이 떨어지질 않아요.

엄마　제니랑 같은 말을 하는구나. 너도 비난하고 싶니?

딸　그러고 싶은데 그럴 수가 없네요. 나이가 너무 들어서 만난 탓이겠죠. 이 방에 들어서면서부터 깨달았어요.

엄마　너보다 어렸다.

딸　엉망이에요. 엄마와 딸이라면 적어도 이건 아닌 거 같아요.

엄마　처음엔 나도 딸로 시작했다. 네 아빠를 만나 여자가 됐고, 너를 만나 엄마가 됐어. 누가 특별히 안내한 적도 없었는데 말이다.

딸　아무 이유도 없어요?

엄마　중력처럼 끌어당긴 거라고 설명할 밖에…

딸　그게 다예요?

엄마　듣고 싶은 말이 있나보구나.

딸   절 만나고 싶어 한다는 얘기 듣고 내 머리가 날 꾸미라고 지령을 내렸어요. 식사 한 끼다. 그리고 각자의 위치로 돌아가는 거다. 서로 좋은 기억을 가진 채… 잘 자란 딸의 모습을 보여주자. 이게 제 계획이었어요. 처음부터 꼬였지만…

엄마   변하지 않는 사람은 없다. 하다못해 세월이라도 먹잖니. 변화한다는 건 기회가 있다는 거고 그 기회는 살아 있는 한 언제든 가능하다는 거지. 나이는 아무것도 아니란다.

딸   제 인생을 담으려면 얼마만 한 상자가 필요할까요? 이삿짐을 정리하는 데 버릴 게 반이더군요. 남는 건 박스로 몇 개. 모르시겠어요? 건질 것 없는 제 인생을 두고 충고나 듣자고 하는 말이 아니라구요.

엄마   버림받아온 거 알아. 너를 속이고 비참하게 만든 사람들을 떠올리며 증오를 키우고 그 힘으로 살아가는 자신을 발견하면서 위안도 됐고 상처도 됐겠지. 그렇다고 너처럼 분노를 다 드러내고 살지는 않는단다. 다들 현실을 연출하면서 적당히 거리를 두고 살지.

딸, 창문 쪽으로 가며…

딸   공기가 답답하네요.

엄마   아까 열었단다.

     딸, 창문의 좁은 틈으로 심호흡을 하며…

딸   숨을 못 쉬겠어요.

     엄마, 봉투를 찾으며…

엄마   산소를 그렇게 갑자기 많이 들이키면 폐가 감당을 못
한단다.

     엄마, 찾은 봉투를 딸의 입에 대주며…

엄마   천천히… 의자에 앉아서 천천히 호흡해라.

     딸, 의자에 앉아 호흡을 고른다.

엄마   그렇지. 그렇게. 좋아지고 있어.

딸   이젠 괜찮아요.

엄마   찍어낸 듯 똑같구나. 나도 호흡기가 예민해서 공기에

민감하단다.

딸 가끔 그래요. 더 이상 스트레스를 감당할 수 없는 상태가 되면… 닮은 게 있다니 반갑네요.

엄마 거짓말쟁이가 필요하니?

딸 아니요.

엄마 옷을 깔고 앉았구나.

딸, 옷을 꺼내 본다.

엄마 다시 다릴 정도는 아니다.

딸 저랑 안 어울려요.

엄마 응?

딸 저랑 어울린다고 사셨죠? 이건 내 취향 아니에요.

엄마 …

딸, 옷을 던지며…

딸 빌어먹을…

엄마 어른처럼 말하렴.

딸 철든다는 게 뭔데요?

엄마 혼란스러움. 스스로 실망해서 자신에게 벌주는 거. 아무도 몰라주는 날 발견해줄 사람을 기다리는 거. 사는 방식이 달라지는 거. 속도도, 경험도, 규칙도…

딸　열심히 기도했던 때가 있었어요. 매일 같이… 기도 내용도 하나였고요. 진짜 엄마를 만나게 해달라고. 아빠는 언제나 술에 취해 있었고, 오래도록 가난했어요. 안전하다고 느껴 본 적이 없어요. 날 이 끔찍한 곳에서 구원하게 해 달라고 기도하고 또 했어요. 신은 기도를 들어주지 않아요. 기도를 멈추는 걸 원하지 않으니까. 그걸 알고부턴 기도를 그만뒀어요.

엄마　하느님은 네 안에 계실 거다. 그 모습 그대로.

딸　제가 그 말을 얼마나 싫어하는데… 가난이 뭔지 모르죠? 있는 집에 배운 것도 많으니까…

엄마　스물다섯. 간호사로 일할 때야. 미국행을 준비 중이었지. 동료들과 일을 마치고 한잔하러 갔다가 거기서 노래를 부르던 네 아빠를 만났다. 가진 것도 없고, 배운 것도 없는 남자였지만 노래만큼은 최고였지. 내일이 없는 것처럼 살더라. 내일을 주고 싶었어. 구원해주고 싶었다. 널 가지고 집에서 나와야 했어. 지금은 돌아가셨지만 외할아버지가 널 지우라고 했거든. 도망치듯 나와서 널 낳았지만 네 아빤 여전히 술과 여자에 빠져 살았다. 현실은 영화와 달랐어. 견디기 힘든 가난. 아무엇도 할 수 없는 무력감. 비루함… 그러던 어느 날 같은 술집에서 일하는 여자를 데리고 왔어. 너무 취해서 집에 갈 수가 없다나. 부엌도 없는 방 하나… 방안 가득 진동하는 썩은 술 냄새에 죽을 거 같더라. 숨을 쉴 수가 없었어. 한참을 그렇게 거칠게 숨을 몰아쉬다가 정신을 차려 보니 정류장이었다. 신발도 한쪽만 신은 채… 편하게 살고 싶어서가 아니라 힘들게 사는 게 끔찍해서… 이 땅을 떠날 때가 스물여섯. 넌 그 나이 때 뭘 했니? 뭘 할 수 있든? 어떤 선택을 할 수 있든?

딸 그곳에 전 남겨졌어요.

엄마 지워지지 않는 얼룩을 남긴 옷처럼. 잊기 힘든 고통이 내 몸에 묻은 거지.

딸 저한테 어울리는 단어를 찾았어요. 불편한 진실. 나란 애, 감추고 싶은 진실 같은 걸 테니까요.

엄마 사는 게 뭔지 몰랐으니까. 훈련이 되지 않았던 거지.

딸 보고 싶었어요?

엄마 그랬어.

딸 그럼 봤어야죠. 보러 오지 않았잖아요?

엄마 죽을 만큼은 아니었으니까.

딸 그랬군요.

엄마 처음엔 그랬어. 설명할 수 없는 눈물이 나를 흔들었다.

오래 가진 않았지만… 감정이 통제 가능해지면서 눈이 따가운 증세도 사라지더라. 영원한 게 어디 있든?

사이…

딸　보고 싶었어요.

엄마　오래가진 않을 거다.

딸　차갑고… 독하고… 잔인하고… 솔직하다는 게 이런 거군요.

엄마　날 잡고 있는 모든 것에서 벗어나 나의 삶에 뛰어들고 싶었다. 널 두고 온 그 방을 잊는데도 꽤 많은 시간을 썼어. 사람들은 선택을 통해 인생을 만든단다. 나에겐 최선의 선택이 또 누군가에겐 상처가 될 수도 있지. 나에게도 좋고 상대에게도 좋은 결과를 가진 선택은 드물다. 불가능할지도… 어떻게 둘을 동시에 만족시키니… 내 인내심은 여기까지야. 자책하는 것도 지겨워.

사이…

딸　슬픔에서 깨어날 때를 알려주는 자명종 시계가 있었으면 좋겠다는 생각을 했어요.

엄마 비도 오고, 바람도 불고, 눈도 내리고, 꽃이 떨어져도 인생은 언제나 벌서는 기분이야.

딸 안심해도 된다고 끝까지 내 편이라고… 말해줄 사람이 필요했어요. 그래서 기다렸어요. 내가 원하는 걸 줄 수 있는 사람이라 생각했으니까요.

엄마 기다림이 가능한 건, 올 것을 기대하기 때문이란다. 오지 않을 줄 알 때쯤, 지쳐서 기다림을 멈추면 불현듯 오는 것, 그게 인생이다. 그래서 또 기다리게 되지.

딸 생각하시는 거보다 저 더 별로예요. 고등학교 2학년 다니다 말았어요. 반에서 도난사건이 있었는데 제가 범인이 되기에 완벽한 조건을 가졌나 봐요. 가난하고 관리해줄 부모도 없고… 최적의 조건이었죠. 사건이 마무리되려면 범인은 필요했으니까… 누구도 아니라는 내 말을 믿어주지 않았어요.

엄마 너희 아빠는?

딸 도둑년 학교 다녀 뭐하냐고 돈이나 벌라고…

엄마 어떻게…

딸 괜찮아요. 버릇처럼, 무의식적으로 불행이 익숙해요.

엄마 지금 같이 사는 남자는 어떻게 만났니?

딸 일하던 가게에서… 아빠를 끔찍이 싫어했는데 싫어하는 만큼 닮나 봐요. 노래를 좀 하거든요.

엄마 술을 파는 곳이겠구나.

딸 실망스런 딸이고 싶지 않았는데 최악이죠? 책임지라는 건 아니에요.

엄마 잘 살아낸 사람이 몇이나 될까? 인생이 사칙연산으로 정산이 가능하다면 후회가 더 많을걸. 실망한 게 아니라 아프단다. 가슴이 아파.

딸 노력해줘서 고마워요.

전화벨이 울린다.
엄마, 전화를 받는다.

엄마 (전화) 네. 오빠! 도착했어요? (듣고) 네. 왔어요. 같이 있어요. 친척들은 다 왔어요? (듣고) 차가 막히나 보네요. 네. 내려갈게요.

엄마, 전화를 끊고 시계를 본다.

엄마 우리가 많은 말을 했구나. 안 해도 될 말까지…

딸 다들 오셨대요?

엄마 그래. 준비해야겠다. 외가 쪽 몇 분만 빼고 다 오신 모양이야. 엄마한테 외삼촌이 계시거든… 사촌들도 오기로 했고, 조카들도 많단다. 몇몇은 미국에서 만났다만 30년 만이다. 널 잃어버린 시간과 같지.

엄마, 딸이 던진 옷을 집으며…

엄마　입지 않아도 된다.
딸　주세요.

엄마, 침대에 펼쳐둔 옷을 집으려다 침대에 맥없이 걸터앉는다.

엄마　사람들이 지금의 너와 날 보면 낯선 두 여자라고 할까? 아니면 엄마와 딸이라고 할까?
딸　…
엄마　똑같이 살진 말지.
딸　상실한 걸 채우고 싶었어요. 그럼 인생이 달라질 거 같았거든요.
　　결핍은 채울 수 있는 게 아닌데… 그 시간으로 돌아갈 수 없는 것을… 최선을 다해 엉뚱한 걸 찾아다닌 거죠. 인생의 대부분 시간을 쓰면서… 기다림은 어리석었어요. 인정하기 싫었나 봐요. 깨닫는 건 더더욱 싫고… 사는 게 참 쓸쓸해지네요.

엄마 내 모습을 용서할 준비가 되어있다고 생각했다. 사랑에 취해 있던 시절은 갔고, 모든 걸 무겁게만 만들던 시대도 끝났다고 생각했으니까. 그냥 와도 된다고 생각했어.

딸 꼭 여기가 좋은 거 같아요. 어느 쪽으로 더 가지도 오지도 않는 완벽한 여기. 제가 원하는 엄마가 되어 달라면 너무 고단하실 거예요. 원하는 딸이 되려면 제가 견딜 수 없을 거고요. 딱 이만큼이 좋은 거 같아요. 우린…

엄마 누구의 비난 앞에서도 그 삶을 내 것이었다고 말할 수 있기까지 얼마나 많은 훈련을 해야 하는지… 내가 선택한 인생도, 선택하지 않은 인생도 소중한 나의 인생이라는 걸 알기까지 참 많은 이야기가 필요하더라. 많은 걸 잃었어. 떠났다 해야 하나… 남편도… 딸도… 내 한쪽 가슴도… 얼마 전 유방암 판정을 받았거든. 이번엔 안 죽었지만 다음엔 죽을지도 모르지. 암은 또 찾아올 테니까.

딸 괜찮으세요?

엄마 담배 끊어라. 넌 날 너무 닮았어. 아까 보니까 초콜릿 좋아하는 거며 빵 즐기는 거며 식성도 같더라.

딸   죄송해요. 제대로 사는 모습 보여드렸어야 했는데…

엄마   인생은 살아봐야 알고, 물건은 써봐야 알지. 따지고 보면 영원히 새 것은 없단다. 그러니 인생도 고쳐 써야 하지 않을까. 내 몸처럼 고장 나면 고치면 돼.

딸   감사해요. 살아계셔서…

딸의 뺨을 타고 눈물이 내린다.

엄마   행복했다고 말할 수 있을 때까지 새로운 시작이 필요했단다. 내가 그랬던 것처럼… 너도 그러렴… 그랬으면 좋겠다.

엄마, 울고 있는 딸에게 티슈를 건네며…

엄마   울지 않았으면 좋겠구나. 그랬으면 좋겠다.

딸, 눈물을 닦는다.

엄마   도서관에서 책을 빌려 본 적이 있니? 누가 남겨 놨는지 모르는 좋은 글귀가 적힌 낯선 메모와 마주한 경험. 네가 그랬다.

딸   …

엄마   배고프지? 내려가서 식사하렴. 삼촌한테 말해둘게.

엄마, 전화를 건다.

엄마   오빠. 전 잠깐 쉬는 게 좋겠어요. (듣고) 아니요. 긴장했
나 봐요. 뜨거운 물에 담그고 나면 풀리겠죠. (듣고) 내
려 보낼게요. 오빠 부탁해요. 오빠밖에 이 애 얼굴을
아는 사람이 없으니까… 챙겨주세요. (듣고) 주문하셔
도 돼요. 저랑 식성이 같더라고요. (듣고) 네. 그렇죠.
딸인데… 네. 식사 끝나고 커피숍에서 봬요.

엄마, 전화를 끊는다.

딸   제가 망친 거죠?

엄마   망치지 않았어. 화장이 마음에 안 들어서 그래. 3층이
다. 삼촌 알지?

딸   전 괜찮아요.

엄마   갔으면 좋겠다. 친척들한테 널 보여줬으면 좋겠어.

딸   그럴게요.

엄마　남은 게 별로 없어서 그래. 조금 남은 자존심이라도 붙잡자니 고집스러워지고… 옷은 네가 원하는 대로 하렴.

엄마, 욕실로 들어간다.
욕조로 쏟아지는 물소리 위로 엄마의 숨죽인 흐느낌이 섞여 들려온다.
딸, 한참을 그대로 서 있다가 욕실로 간다.

딸　저예요.

엄마는 말이 없다.

딸　목욕탕 가면 등 밀어줄 사람이 없어서 그때마다 엄마가 더 생각났는데… 제가 도와드릴까요?

엄마　…

딸, 욕실로 들어간다.

딸　엄마.

욕실 벽 너머로 비추는 실루엣.

딸이 처음으로 부르는 '엄마'에 가늘게 떨리는 엄마의 어깨.

한쪽 가슴이 없는 엄마의 움츠린 등을 딸이 손으로 어루만

져 준다.

그 위로 흐르는 엄마와 딸의 목소리.

엄마/딸 난 꽃이 싫다.

움직이면서 움직이지 않는 것이 싫다.

움직이지 않으면서 움직이는 것이 싫다.

아름다우면서 아름답지 않은 것이 싫다.

아름답지 않으면서 아름다운 것이 싫다.

난 꽃이 좋다.

막 내린다.

집

등장인물

집

간힌 남자 그의 나이는 알 수 없다. 늙었다는 물리적
         나이보다 푸석해 보이는 모양새와 말투에
         서 피폐함이 느껴진다.

살려는 남자

사는 여자

집 밖의 사람들

무대 위에 집이 한 채 서 있다.

주방, 침실, 욕실, 창문이 있는 사각형의 완전한 집이다.

사방이 벽이라 폐쇄된 느낌이다. 벽체를 세우지 않더라도 벽이 둘러쳐져 있다는

느낌을 받게 했으면 좋겠다.

벽 한쪽으로 창도 하나 있다.

집 내부는 각각의 공간을 이루고 있고 안을 들여다볼 수 있다.

주방, 욕실, 침실 그리고 그 사이에 거실이 있다.

벽을 타고 잎이 푸른 나뭇가지가 안으로 뻗쳐 자라고 있다.

객석에서 보면 집은 다이아몬드 형으로 세워져 있다.

집이 움직인다.

마치 자리를 잡듯이… 집은 살아 있다.

1. 집을 사다

채널이 돌아가며 소리를 쏟아내고 있는 TV.

쉬지 않고 울리는 전화벨 소리.

극이 시작되면 갇힌 남자가 식탁에 앉아 일회용 포장된
밥을 먹고 있다.

반찬이 없는 맨밥이다.

밥을 삼키다 일어서 TV를 끈다. 수화기를 내려놓는다.

다시 식탁으로 돌아와 밥을 삼키며…

갇힌 남자 조용히… 기다리는 동안만이라도… 마지막은 침묵
으로 지켜주자고…

냉장고 모터 돌아가는 소리가 굉음을 낸다.

갇힌 남자 지금까지 지내온 시간에 대한 예의여도 좋아.

냉장고 모터 소리가 잦아든다.

갇힌 남자　사람이고 기계고 오래되면 요란해져.

　　　　　　　마른 밥을 삼키는데 목이 막힌다.

　　　　　　　냉장고를 열어보지만, 텅 비어있다.

　　　　　　　싱크대로 가 수도꼭지를 트는데 물이 나오지 않는다.

　　　　　　　목에 걸린 맨밥에 목이 메 숨이 막힐 거 같다.

　　　　　　　현관 벨 소리가 울린다.

　　　　　　　순간, 수도꼭지에서 물이 쏟아진다.

　　　　　　　미친 듯이 물을 삼킨다.

　　　　　　　숨을 고르고 현관문을 연다.

　　　　　　　살려는 남자, 집 안으로 들어서며…

살려는 남자　그냥 가려고 했어요. 동네가 어찌나 복잡한지… 스마트폰으로 위치 찾기가 쉽지 않던데… 사람들한테 물어도 잘 모르고…

갇힌 남자　마음에 들었으면 좋겠군.

살려는 남자　전세 내놓으셨죠?

갇힌 남자　팔 걸세.

살려는 남자　잘 못 알았네. 하긴 이 돈에 전셋집이 있다는 것도 이상했어요.

갇힌 남자　그 돈에 판다고…

살려는 남자   살 마음은 없는데… 월세 부담만 아니면 전세도 필
         요 없는데…

갇힌 남자   집이 마음에 들었으면 좋겠군.

살려는 남자   집 있어 봐야 골치만 아프죠. 낡으면 보수해야지 고
         장 나면 고쳐야지. 혼자 사세요?

갇힌 남자   자네는?

살려는 남자   저도… 요즘은 혼자 사는 게 자연스러운 추세죠.

      살려는 남자, 집안을 둘러보며…

살려는 남자   교통편은 좋지 않더군요. 전철역도 멀고 버스정류
         장도… 꽤 걸었어요. 차 소리는 적겠지만… 문 닫은
         가게들도 더러 있더라구요. 사람 사는 데 필요한 건
         살 수 있겠죠? 지은 지 오래됐나 봐요? 많이 낡았어
         요. 내부 수리하셨어요? 밖에선 빨간 벽돌이 보이
         지 않던데… 나무가 집 안으로 자랐네요.

갇힌 남자   벽 사이에 공간이 있어서…

살려는 남자   볕은 잘 들어요?

      집안으로 햇살이 쏟아진다.

살려는 남자　집이 좀 답답하네요.

　　　　　살려는 남자의 말이 끝나기 무섭게 창으로 시원한 바람
　　　　　이 불어온다.
　　　　　살려는 남자의 입가로 미소가 번진다.

갇힌 남자　마음에 든 모양이군.

　　　　　갇힌 남자, 굽은 허리가 펴진다.
　　　　　살려는 남자, 주방으로 간다.

살려는 남자　식사 중이셨어요? 반찬도 없이…
갇힌 남자　치우는 중이었네.

　　　　　갇힌 남자, 일회용 밥을 쓰레기통에 넣는다.

살려는 남자　물은…
갇힌 남자　(말을 가로채며) 잘 나와. 배수도 잘되고.

　　　　　살려는 남자, 집안을 돌아보며…

살려는 남자 겨울에 난방비는 많이 나오나요?

갇힌 남자 집은 맘에 드나? 계약서는 여기 있네.

살려는 남자 아직… 결정 못 했는데… 제 이름으로 집을 산다는 게 부담스럽기도 하고…

갇힌 남자 이 집보다 싼 집이 있을까?

살려는 남자 저도 무리하게 대출받으면서 살 생각은 없어요. 친구 녀석이 결혼하면서 대출받아 집을 샀는데 이자 내느라 거지꼴로 살더라고요. 집값 흔들린다는 기사만 봐도 공포 영화를 보는 것처럼 간담이 서늘해진대요. 그래도 집이란 게 투자 가치가 있어야 하는 건데… 아파트도 아니고 말이 단독주택이지 좁은 골목에 마당도 없고… 동네도… 여긴 개발 계획도 없나요? 이런 집은 사는 순간부터 가격이 떨어진다던데… 팔 때 제값이나 받을 수 있을지…

갇힌 남자 자네는 집한테 바라는 게 뭔가?

살려는 남자 집한테 바라는 게 있냐고요?

갇힌 남자 살 집을 원했던 거 아닌가?

살려는 남자 살기는 하겠지만 사게 된다면 얘기는 달라지죠. 파는 것도 생각해야 하니까.

갇힌 남자 이 집에서 어떤 삶을 살고 싶은가?

살려는 남자 집이란 게 뭐… 편안하게 쉴 수 있어야죠. 다른 사람 방해 안 받고 복잡한 생각도 정리하고…

갇힌 남자 그런 거 말고. 자네가 진정으로 욕망하는 거?

살려는 남자 전 그냥 집이 필요합니다. 먹고, 자고 씻을 공간이 있는 집말입니다. 계약 기간이 다 됐다고 이사하지 않아도 되고, 집세 올려 달라는 주인도 없는… 내가 살고 싶은 만큼 살 수 있는… 그런 내 집이면 됩니다.

갇힌 남자 모든 집은 인간의 기본 욕구가 해결되도록 설계되어 있어. 너무 평범하단 뜻이야.

살려는 남자 평범하기가 더 힘든 세상입니다.

갇힌 남자 집이라는 공간은 일상을 만들어 주지. 새로운 집은 생각의 변화를 이끌어 주기도 해. 하루가 바뀌면 1년이 바뀌고 자네 인생이 바뀔 수도 있어. 자네가 욕망하는 게 무언지 물어 본 지가 얼마나 됐나?

살려는 남자 전 집을 보러 왔습니다.

갇힌 남자 욕망에 질문하지 않는 자, 정제된 즐거움을 맛볼 수 없지.

살려는 남자 현관문도 다시 달아야 하고… 안전해 보이질 않아서… 외장은 색이라도 다시 칠하던지… 땅이 반듯하지 않아서 집을 헐고 새로 짓는 그것도 어렵겠어요.

갇힌 남자   나도 눈을 가장 믿고 살았지만, 눈은 언제나 배신하지. (자리를 잡고 선다) 위치를 바꿔 보겠나. 이리 와서 서 보라고. 그리고 집을 봐봐.

집이 움직이더니 다이아몬드 형에서 사각형으로 바뀐다.

살려는 남자   설계를 잘못했군요.

갇힌 남자   아니지. 당신이 잘 못 본 거지. 이 집에 들어와 당신이 본 거라곤 집의 형태와 겉모양새가 전부야. 사람으로 치면 얼굴 생김새와 옷차림. 그것도 딱 당신 눈에 들어 온 만큼.

살려는 남자   어느 집에 사느냐에 따라 사람이 달라 보이긴 하죠. 옷 스타일이 그 사람을 설명해 주기도 하잖아요.

갇힌 남자   이 집에 처음 들어와 나를 봤지. 그때와 내가 같아 보이나?

살려는 남자   그건…

갇힌 남자, 처음과는 다르게 자세도 반듯하고 젊어 보인다.
말에 힘도 느껴진다.

살려는 남자 저한테 이 집을 꼭 팔겠다는 의지 때문이겠죠.

갇힌 남자 나한테 물은 거라곤 기술적인 질문이 다였지. 수도, 양변기, 난방, 기타 등등… 기능을 제대로 하고 있는지… 당신은 이 집을 통해 얻고 싶은 건 말하지 않았어.

살려는 남자 말했어요. 사람이 살면서 집에 바라는 거야 다 같지 않나요?

갇힌 남자 다르지. 규격에 맞춘 아파트도 사는 사람에 따라 달라지는걸. 극단적인 생각은 실수를 부르지. 인간의 질도 떨어져 보이고… 사람이 무엇을 원하느냐에 따라 집은 바뀌어.

살려는 남자 건축하시는 분입니까?

갇힌 남자 그랬다면 어떤 재료로 어떻게 만들었는지 설명했겠지. 난 여기 이 집에 살았을 뿐이야. 집은 평생을 같이 할 수 있어야 하지.

살려는 남자 그런데 왜…?

갇힌 남자 그러니까 다른 사람을 찾는 거야. 날 대신해서 이 집에 살 사람.

살려는 남자 어디로 이사 가세요?

갇힌 남자 더는 집이 필요 없어. 그래서 집을 떠나는 거야.

살려는 남자 이 집은 누가 만들었을까요?

살려는 남자, 벽을 어루만진다.

그때마다 붉은 벽돌에 햇살이 따라간다.

마치 집이 살려는 남자의 손길에 답이라도 하는 것처럼…

갇힌 남자   집이 있으면 사람이 살게 되지. 사람이 살면 역사가 만들어져. 시간은 흐르고 이야기는 쌓이게 되어 있으니까. 우린 잠시 머물 뿐, 집이 남아서 우리를 말해주겠지. 오래된 건축물의 잔해들이 역사를 설명해 주듯이…

살려는 남자   이 집도 과거엔 다른 모습이었겠죠?

갇힌 남자   젊었을 테니까… 우리 모두는 가지고 있지. 찬란히 빛났던 시간을…

살려는 남자   (창가에 서서) 안개가 낀 것처럼 흐릿해요.

살려는 남자. 자신의 옷으로 창을 닦지만 잘 닦이지 않는다.

갇힌 남자   집은 인간의 욕망을 존재하게 하지.

살려는 남자   빛나는 시간이라…

갇힌 남자   가져보고 싶지 않나?

살려는 남자   …

갇힌 남자   집한테 말을 해봐. 말을 들어 줄지도 모르지… 십오 사람도 서로를 알아본다잖아.

살려는 남자   집이 무슨…

갇힌 남자   세상에 당신 거라고 말할 수 있는 게 몇 개나 되지?

살려는 남자   내 것이라… 불가능한 일이라고 생각했어요. 내 수중에 있는 돈으로 집을 구한다는 게… 세상엔 내 것이 되어 주는 게 많지 않았어요.

갇힌 남자, 계약서를 내민다.

갇힌 남자   가져. 여기다 도장만 찍으면 돼. 그럼 집의 주인이 바뀌는 거야. 당신이 여기서 살고 나는 이 집을 나가고…

살려는 남자, 품에서 도장을 꺼낸다.

살려는 남자   처음 있는 일이라…

갇힌 남자   처음이 아닌 게 없지. 사람은 매일 다시 태어난다고 생각하면… 처음은 특별한 게 아니라 인지의 차이를 둔 반복인 거야. 물론 귀한 설렘이지만…

살려는 남자 (도장을 찍으려다) 돈은…?

갇힌 남자 순서는 자유롭게 하자고…

살려는 남자, 망설이다 도장을 찍는다.

갇힌 남자 잘했어. 훌륭한 선택이야. 이사는 언제 할 건가?

살려는 남자 아직…

갇힌 남자 이젠 당신 집이니 마음내로 하라고. 난 내일이년 이 집을 떠날 테니까. 짐은?

살려는 남자 별로…

갇힌 남자 필요한 게 있으면 가지라고. 청소업체에다 전부 처분할 계획이거든.

살려는 남자 멀리 떠나세요?

갇힌 남자 다신 집을 갖지 않을 거야. 자유롭게… 어디든… 갈 거야.

살려는 남자 잘한 결정인지 모르겠어요.

갇힌 남자, 살려는 남자를 밖으로 내보내며…

갇힌 남자 난 지금부터 떠날 준비를 해야 해. 내일부터, 아니

내가 이 집을 떠나는 그 시각부터 이 집은 당신 거야. 잘 가라고.

살려는 남자, 떠밀려 밖으로 나간다.
갇힌 남자, 천천히 집안을 둘러보며…

갇힌 남자 이제 남은 건 저 문을 걸어 나가는 거, 뿐이군. 남겨둔 것에 대한 미련으로 뒤돌아보지 않을 거야. 나는 고독했어. 매우 고독했어. 사는 동안 알지 말아야 했던 자각이었지만… 그랬다면 행복했을까.

갇힌 남자, 품에서 종이를 꺼내 벽 속에 끼워 넣는다.

갇힌 남자 태워 버릴까도 생각했어. 하지만 그에게도 기회를 주는 게 공평하다는 생각이 들어서… 지금 주지 않는 건, 그것 또한 그에게 기회를 줘야 한다는 생각 때문이야.

갇힌 남자, 창문을 연다.

갇힌 남자 내가 있었다는 흔적을 남기지 않고 사라지고 싶다.

바람이 분다.

갇힌 남자   바람이 좋구나. 그래 우리에게도 참 좋았던 시간이 있었지.

갇힌 남자, 흔들의자를 끌어다 창문 앞에 둔다.

갇힌 남자   잠시 그날들처럼 잠들고 싶구나.

갇힌 남자, 흔들의자에 앉는다.

갇힌 남자   더 이상 네가 무섭지 않다.

문밖으로 쫓겨난 살려는 남자는 가던 길을 되돌아와 집 앞에 멈춰 선다.
계약서를 내려다보는 살려는 남자, 집을 둘러본다.

살려는 남자   너무 낡았어. 이런 집을 돈을 주고 사다니…

쓰레기봉투를 든 주부, 집 앞에 버리고 간다.

75

살려는 남자 아주머니! 남의 집 앞에다 쓰레기를 버리면 안 되죠?

주부가 손가락으로 가리키는 쪽을 보면 쓰레기봉투가 산더미처럼 쌓여있다.

골목길에 나뒹구는 쓰레기봉투며 음식 쓰레기.

살려는 남자가 뭐라 말할 사이도 없이 주부, 가버린다.

살려는 남자, 냄새에 얼굴이 구겨진다.

취객이 지나가다 구토를 한다.

노인이 지나다가 노상 방뇨를 한다.

종이상자를 잔뜩 실은 손수레가 집 옆으로 난 철문으로 들어간다. 고물상이다.

살려는 남자 멍청한 놈. 눈을 뜨고 있으면 뭐 해. 제대로 보는 게 하나도 없는데… 아니지. 이건 내 잘못이 아니라 집을 판 저 인간이 비열해서야. 일, 이백 원짜리도 아니고 집을 팔 때는 무슨 문제가 있는지 말을 해 줘야지. 누가? 누가 그런 짓을 해. 물건 파는 놈이야, 팔면 그만이지. 물어도 숨길 판인데 묻지도 않은 걸 어느 멍청이가 말을 해. 나라도 말 안하겠다. 이젠 어쩌지… 그렇다고 내 돈을 그냥 날릴 수는 없잖아.

하긴 계약서에 도장 찍은 지 얼마나 됐다고. 고작 5
분… 그래 길어야 10분. 이건 무효야. 그래도 위약
금을 물라고 하겠지? 그깟 꺼 주지 뭐. 아니야. 먼저
설득을 하자. 인간은 이해가 가능한 동물이잖아. 한
번에 안 되면 두 번 세 번… (손가락으로 자신을 가리
키며) 너 시간 많잖아.

살려는 남자, 현관 벨을 누른다.
안에서 답이 없자 문을 두드리려다 말고…

살려는 남자 노인네가 이상한 말로 사람 헷갈리게만 하지 않았
어도… (심호흡을 하고는) 긴장할 거 없어. 당당하
게…

살려는 남자, 목소리와는 다르게 주눅 든 모습으로 문을
두드린다.

살려는 남자 잠시만요. 조금 전에 집 계약한 사람인데요. 잠깐
문 좀 열어 주세요. 제가 너무 성급하게 결정한 거
같습니다.

살려는 남자, 안에서 답이 없자 조급해진 마음에 목소리가 높아진다.

살려는 남자 안에 계시는 거 알아요. 문 좀 열어 주세요.

집안에 '치익'하고 가스 새는 소리가 난다.
갇힌 남자는 흔들의자에 앉은 채 움직이지 않는다.
문을 거세게 두드리는 살려는 남자, 잠시 후 문이 스르르 열린다.

살려는 남자 쉬시는 데 죄송합니다. 이게 무슨 냄새죠?

그 순간, 창밖에서 상쾌한 바람이 불어온다.

살려는 남자 아니네… 가스가 새는 줄 알았어요.

갇힌 남자, 움직이지 않는다.

살려는 남자 집 계약한 거 없던 걸로 해야겠어요. 위약금을 물으라면 그렇게 하겠습니다. 굳이 그래야겠다면… 그렇지만 보통 이런 경우는 도장 찍은 서류를 찢으면서 끝나기도 하는데…

갇힌 남자의 반응이 없다.

살려는 남자 제가… 그런 거 아시죠? 사는 게 지치다 보니까…
요 근래 복잡한 일이 많았거든요. 혼자 지낼 방 하
나 가지고 싶다는 욕심이 일을 이 지경으로 만든
겁니다. 판단이 흐려진 거죠. 이 집 창문처럼…

하고 창문을 보면 윤이 나게 닦여 있다.

살려는 남자 말끔하게 닦으셨네요.

갇힌 남자 …

살려는 남자 제 말 들리시죠? 계약 없었던 걸로 하자고요. 이 집
안 산다고요. 통풍은 참 잘 돼.

갇힌 남자 …

살려는 남자 부탁입니다. 없었던 걸로 해 주세요. 투자가치도 없
고… 밖에 나가 보세요. 이 동네 정말이지 최악입니
다. 젊은 사람이 생각이 짧아 저지른 실수라 생각하
시고… 전 정말이지 제가 가진 전 재산을 이런 집
을 사는 데 쓸 수가 없어요.

갇힌 남자의 움직임이 없자, 살려는 남자 조심스럽게 다가선다.

살려는 남자 주무세요?

살려는 남자가 건들자 갇힌 남자의 고개가 툭 떨어진다.
살려는 남자, 갇힌 남자의 주검을 확인하고는 놀라서 뒤로 물러서다 갇힌 남자의 발에 걸려 넘어진다.
그리고 잠시⋯ 살려는 남자, 무릎걸음으로 죽은 남자에게 다가간다.

살려는 남자 나이든 남자가 아니잖아. 이렇게 젊었었나⋯

2. 집에 오다

갇힌 남자의 짐이 한쪽에 쌓여 있다.

살려는 남자의 짐은 아직 자리를 잡지 못한 채 놓여 있다.

살려는 남자, 벽에 거울을 단다. 거울을 달려고 하면 못이 빠진다.

다시 못을 박고 거울을 단다. 또 못이 빠진다.

살려는 남자 나중에 하자.

살려는 남자, 거울을 벽에 기대 놓는다.

가구를 배치하는데 조금씩 공간이 모자란다.

방안에 침대 자리를 잡느라 애를 쓰는 살려는 남자.

살려는 남자 조금만 넓었으면 침대가 딱 들어갈 텐데… 침대를 거실에다 두기는 우스운데… 책상 자리도 마땅치 않고…

휴대전화가 울린다.

살려는 남자 (통화중이다) 어. 이사 다 했어… 정리는 아직 멀었지… 골목이 좁아서 차가 집 앞까지 못 들어온다고 지랄을 떨길래, 대충 놓고 가라고 했거든… 이사 첫날부터 감정 상하는 일 만들고 싶지 않아서… 이삿짐 나르던 사람들도 동네가 지저분하다고는 하더라. 사람 사는 데 다 그렇지 뭐. (창밖을 보며) 직접 와보면 그렇게 절망적이진 않아… 마음은 편해. 내가 가진 돈으로는 전세 구하는 게 더 힘들어. 어쨌든 내 집이 생긴 거니까… 혼자 해도 돼. 정리하고 부를게… 천천히 할 생각이야… 오늘은 너무 피곤해서… 그래. 내일 회사에서 보자.

전화를 끊는다.
둘러보며…

살려는 남자 오늘부터 여기가 내 집이란 말이지. 잘 지내보자.

답이라도 하듯 형광등이 깜빡거린다.

살려는 남자 등을 갈아야 되나?

깜박이던 형광등이 고요해진다.

살려는 남자 어떻게 꾸밀까? 짐 풀면서 2년 후면 이사 갈 건데 뭐. 이런 생각하는 거랑은 차원이 다른데… 이래서 다들 내 집, 내 집 하는구나. 칠을 다시 할까? 무슨 색이 좋을까? (문득) 나 누구랑 얘기하니? 나랑. 너랑, 집이랑.

기분 좋게 풀쩍풀쩍 뛴다.
그러다 한쪽에 쌓인 갇힌 남자의 짐들을 보고…

살려는 남자 가족들이 찾으러 오겠지. 어차피 청소업체에 처분한다고 했잖아. 돈도 그때 주면 되고… 문제 될 거 없어. 서류상으로 이 집은 분명히 내 집이니까.

그러다 창밖으로 시선이 간다. 별빛이 쏟아진다.

살려는 남자 야! 요즘 별 보기 쉽지 않은데… 밤공기 좋고… 점점 마음에 드네. 일단은…

음악 CD를 고르다…

살려는 남자 이거부터 정리하자. 선반이…

선반을 찾아 벽에 자리를 잡고 망치로 못을 박으며…

살려는 남자 이 시간에 망치질 하면서 위 아랫집 눈치 안 봐도 되고… 이사 잘한 거 같은데…

선반을 달고, CD를 정리하다 마음에 드는 CD를 찾았는지 음악을 튼다. 신나는 음악이 흘러나온다.
집 밖 거리에선 실랑이를 벌이는 무리 여럿이 한 명을 집단 구타한다.
그 모습을 보고 그냥 지나치는 사람들…
때리는 걸 멈추고 침을 뱉으며 돌아서는 사람들…
피투성이의 남자, 도와달라고 외치지만 사람들 그를 지나쳐 갈 뿐이다.
피투성이의 남자, 엉금엉금 기어간다.

집안의 살려는 남자, 볼륨을 높인다.
춤을 추는 남자, 옷을 하나둘, 벗는다.

욕실로 가 욕조에 물을 튼다.

옷을 벗고 욕조에 몸을 담근다.

살려는 남자 아! 좋다.

집 밖의 소란스러움과 상관없이 노래를 흥얼거리며 욕
조에 몸을 담그고 있다.

3. 집에 살다

세상이 잠든 밤.

'삐걱, 삐거덕'

어둠 속에서 들리는 살려는 남자의 목소리…

살려는 남자　무슨 소리지?… 집이 낡긴 낡았어.

집 밖에 해가 떠오르지만 집안은 여전히 어둡다.

휴대전화가 울린다.

침대에서 잠자고 있던 살려는 남자, 순간 벌떡 일어나 앉는다.

살려는 남자　몇 시지? 시계… 시계.

찾는 시계가 어디에도 없다.

계속해서 울리는 휴대전화.

살려는 남자　핸드폰… 어딨지… 어딨어?

침대 밑이다. 침대 밑에서 휴대전화를 꺼내려고 하는데 손이 닿지 않는다. 침대를 들어 옮기고는 휴대전화를 꺼낸다.

살려는 남자 (전화를 받으며) 여보세요. 어… 시간이 그렇게 됐어. 아직… 해도…

집안으로 햇빛이 쏟아져 들어온다.

살려는 남자 이런… 차가 막혀서… 지금 가고 있어. 회의… (난감하다) 아프다고 해주라. 독감으로 병원 들렀다가 출근한다고. 집안에 급한 일이 생겼다고 하든지… 많이 피곤 했나봐. 알람을 해뒀는데 못 들었어. 부탁한다. 그래.

전화를 끊고 침대를 자리 맞춰 놓는데 어제와 달리 침대 크기와 집 공간이 정확히 들어맞는다.

살려는 남자 어… 침대 위치가 꼭 맞잖아. 분명히 모자랐는데… 어제 무지 피곤했나보네. 이렇게 꼭 맞는 걸… (기지개를 펴고는) 집은 잘 샀어. 점점 마음에 든다니까…

침대를 툭툭 치고는 서둘러 옷을 챙겨 입는다.

거실로 나와 거울을 본다. 거울이 깨져 있다.

살려는 남자 어제 걸어 놨어야 했는데…

봉투를 가져와 깨진 거울을 담는다.

봉투를 들고 밖으로 나간다.

집안으로 쏟아져 들어왔던 햇살이 점점 빠져 나간다.

빈 집…

'삐걱, 삐거덕'

집이 움직인다.

TV가 켜진다.

채널이 돌아간다. 마치 집이 보고 싶은 채널을 선택하

듯이… 순간, 사람의 인기척이 느껴지는지 TV가 꺼지고

고요해진다.

열려있는 창문으로 검은 옷을 입은 남자가 들어온다.

검은 옷, 집안을 뒤지며 훔쳐갈 물건을 담는다.

삐거덕… 삑… 수도꼭지가 열리더니 순간 싱크대에서

물이 쏟아진다.

깜짝 놀라는 검은 옷, 사람이 없음을 확인하고는 싱크대

로 가서 물을 잠근다. 안심하고 돌아서려는데 오디오가

켜지면서 쏟아지는 요란한 음악소리,

컴퓨터, TV, 냉장고, 전자레인지, 환풍기 등 집안의 모든 가전제품기기가 동시에 작동하면서 울어대는 소리로 귀가 찢어질 거 같다. 검은 옷, 작동하는 가전제품을 끄려하지만 집은 공격적으로 볼륨을 높인다.

점점 이 상황이 두려워지는 검은 옷, 공포에 질려 집을 빠져 나가려 한다. 문이 열리지 않는다.

열려있는 창문으로 나가려는데 창문이 닫히면서 문틈에 검은 옷의 팔이 낀다. 검은 옷의 비명소리와 함께 다시 열리는 창문. 검은 옷 밖으로 떨어진다. 창문이 닫힌다.

다시 고요해지는 집.

평화롭다.

해가 지고… 살려는 남자가 집으로 돌아온다. 형광등 스위치를 켠다.

지친 모습으로 거실에 놓인 소파에 앉는다.

살려는 남자 역시 집이 제일 편해. 이래서 짐승이고 사람이고 해가 지면 집으로 가는 거야.

주머니에서 카드 영수증을 꺼낸다.

살려는 남자 월급을 일별로 따지면 하루 5만 원 벌이밖에 안 되는 내가, 여자를 만나 저녁 먹고 영화 보고 차 마신 값으로 7만 8천을 썼군. 고작 4시간을 위해… 여자들은 왜 남자의 지갑을 자기를 위해 열라는 거지? 비어가는 지갑도 두렵고 연애도 두렵다… (벌떡 일어나 앉으며) 도대체 뭐가 문제야? 차까지 다 마시고 왜 화를 내냐고… 화내고 갈 거면 돈 쓰기 전에 가던가. 1년을 만나왔지만 항상 이런 식이야. 성욕을 해결해 주는 것도 아니고… 시간이 너무 아까워. 차라리 그 시간과 돈을 나한테 쓰면…

살려는 남자, 휴대전화로 문자를 보낸다.
[이 시간 이후로 서로를 정리하자.]

살려는 남자 (넥타이를 풀며) 간단하네. 서로 만나봐야 시간낭비 감정낭비밖에 더 하겠어. 아주 잘 했어. (휴대전화가 울린다) 문자 보냈잖아. 왜 전화해?… 네가 원하는 말, 이젠 안 해. 너도 안 할 거잖아… 피곤해… 우리 끝낼 때 됐어. 너한테 쓴 돈이며 시간을 이제부턴 나한테 쓸 거다. 배터리 다 됐다… 전화해도 연결이 안 될 거라는 뜻이야. 서로의 인생에서 빠지자.

휴대전화를 끊는다. 전화벨이 울린다. 몇 번을 울리다 끊어진다.

살려는 남자 역시… (스스로에게 박수를 쳐주며) 잘 했어. 기분이 상쾌해지잖아. 내가 살아오면서 머리가 이렇게 맑았던 적이 있었나. 혼자 있는 이 평화로움… 인간에게 감정을 쓰는 거, 만큼 힘든 노동도 없어. (문득) 내가 문을 잠궜나…

출입문으로 가서 몇 개의 보조 장치를 잠근다.

살려는 남자 이제 안심이 되네. 내일 하나 더 달까? (문득) 내 생각이 뭐가 잘못 됐다는 거야. 그걸 친구라고… (양복 상의를 벗어 던진다) 내 말이 마음에 안 들어도 그렇지, 그렇게 사람 많은 데서 핀잔을 줘. 요즘처럼 불안한 시대에 굳이 모험을 해야 하는 이유가 없잖아. 이 자식… 나랑 한판 붙자는 거지… '현실을 직시하지 않는 이상은 허상에 불과하다.' 아 그때 왜 이 말이 생각나지 않았지.

컴퓨터 앞에 앉아 자판을 두드린다.

살려는 남자 거봐. 나랑 생각이 같은 사람이 이렇게 많잖아. 역시 세상은 넓게 만나야 돼. 나에 대한 평가 기준이 달라지잖아. 완소 개념. 이봐. 사람은 자신의 가치를 알아주는 사람과 교류를 해야 돼. 난 이제껏 그걸 안 했던 거야. 지금껏 여유가 없어서 미뤄뒀던 일들을 하자. 뭘 할까…

책장으로 가며…

살려는 남자 시간도 많은데 책이나 읽어 볼까… 제일 두꺼운 녀석으로… 나한테 이런 책이 있었네… 대학 때 사놓고 안 읽은 건가 본데… 반갑다… 이래서 좋은 책은 사서 책장에 꽂아둬야 돼. 다 읽게 되잖아. 어디까지 읽었더라. 첫 페이지… 세 장은 읽지 않았나… 다시 읽지 뭐. 시간도 많은데…

소파에 앉아 책을 편다.
책을 읽는가 싶더니 스르르 잠이 든다.
오디오가 작동을 하면서 부드러운 음악이 흐른다.

살려는 남자 아후 추워.

더듬거리며 덮을 걸 찾지만 손에 잡히는 게 없다.

몸을 웅크린다.

그리고 잠시…

더운지 벨트를 풀고 바지를 벗는다.

양말을 벗어던지고 와이셔츠를 풀어헤친다.

도저히 안 되겠는지 벌떡 일어난다.

살려는 남자 아후 더워. 보일러가 켜졌나? 요즘 날씨는 종잡을
수가 없어.

냉장고로 가서 물을 꺼내 마신다.

창가로 가서 창문을 연다.

바람이 분다.

살려는 남자 아 시원하다.

담배를 꺼내 핀다.

살려는 남자 (한 모금 빨고는) 집에서 담배 핀다고 잔소리 하는 사
람도 없고…

'헉'

살려는 남자, 놀라서 주저앉는다.

남자의 눈에 건너 집 여자가 샤워하는 모습이 보인 것이다.

쭈그리고 앉아 고개를 내밀고 밖을 훔쳐본다.

살려는 남자 여자가 샤워중이잖아. 신이여 감사합니다. 오늘부터 당신을 따르겠습니다. 지상낙원이 따로 없군. (벽에 뽀뽀를 하며) 고맙다. 사랑한다.

집 밖에서 길 가던 여자를 퍽치기로 쓰러뜨리고 가방을 빼앗아 달아나는 소년. 여자의 비명소리…

살려는 남자 거기 조용히 좀 해요. 사랑싸움은 집에 가서 할 것이지… (다시 훔쳐보며…) 불행했던 너의 과거는 진짜 말 그대로 과거일 뿐이다. 이제부터 진짜 인생이다.

한쪽에 쌓아 둔 갇힌 남자의 짐 중에 흔들의자를 끌어다 창가에 놓는다.

살려는 남자 이 의자의 용도가 이거였군. 잠깐 빌려 쓰지 뭐. 형광등이 너무 밝은데…

살려는 남자, 형광등이 밝다는 생각에 갇힌 남자의 짐에서 스탠드를 꺼낸다.

살려는 남자 이게 딱이군.

형광등을 끄고 스탠드를 켠다.
흔들의자에 앉아 벗은 여자를 훔쳐본다.
조용히 내려앉은 어둠이 남자를 숨겨준다.
어둠 속에서 들리는 전자레인지 돌아가는 소리.
'띵동'
요리가 완성됐다는 전자레인지 알림소리와 함께 무대 밝아진다.
쓰레기가 널브러진 집.
남자, 며칠은 씻지 않은 몰골로 전자레인지에서 일회용 포장밥을 꺼내 식탁에 앉는다.
컵라면의 면발을 집어 올리다 떨어트린다.

살려는 남자 에이 씨.

옷에 묻은 국물을 쓱쓱 닦고는 바닥에 떨어진 면발을 손
으로 집어 먹는다.

식사를 마친 남자는 소파로 가서 발가락으로 리모컨을
누른다.

TV가 켜지고 오락프로그램을 보는지 연신 히죽거린다.

사각팬티 안으로 손을 집어넣고는 벅벅 긁는다.

손 냄새를 맡는다. 코를 판다. 빼낸 코딱지를 날린다.

발가락을 마주보게 하고는…

살려는 남자 왼쪽 발가락. 많이 바쁘지 않다면 오른쪽 종아리를
좀 긁어줄래.

뭐가 재밌는지 키득거리며 발로 긁는다.

살려는 남자 시원하질 않군. 손한테 부탁해봐.

살려는 남자, 흥미를 잃었는지 심드렁해진다.

휴대전화가 울린다.

살려는 남자 어, 그래 잘 지내냐? 세상 편하지… 너무 좋아… 어
딘데?… 나가기 귀찮아. 너도 집에 좀 들어가라. 결

혼한 지 얼마나 됐다고… 편하게 살아. 인간의 문제
는 너무 생각을 하려고 해서야. 생각을 멈춰봐. 세
상이 달라 보여… 뭐가 이해가 안 돼. 다시 말해줘?
인간이 원하고 바라는 대로 삶은 변한다는 거야…
사는 거 모두 거기서 거기야. 오늘은 존재하나 내일
은 사라진다… 죽기 전에 편하게 살라고… 야! 벌
써 끊게… 그래도 오랜만인데… 뭐가 그리 바빠?
여유를 갖고 살라니까.

현관 벨이 울린다.

살려는 남자 끊자… 나도 바빠.

휴대전화를 끊고 현관으로 간다.
문 앞에 인터넷으로 주문한 식료품 배달원이 서 있다.

살려는 남자 누구세요? 네.

옷을 입으려다…

살려는 남자 귀찮아. (인터폰에 대고) 문 앞에다 두고 가세요.

배달원, 식료품을 내려놓고는 돌아서 간다.

남자, 가는 걸 확인하고는 살짝 문을 열고 식료품을 들고 들어온다.

맥주 캔을 꺼내 마신다.

휴대전화가 울린다.

살려는 남자 (구겨진 얼굴로 전화를 받는다) 왜요?… 모든 사람이 일을 해야 하는 건 아니죠… 같이 살 때는 신경도 안 쓰더니… 눈에 보이지 않으면 더 좋잖아요? 심심하세요? 잔소리 할 사람 없어서? … 돈 쓸 일을 안 만들면 되죠… 아버지가 안 되면 돼요… 어차피 아버지 세대만큼 벌지도 못해요. 저 같은 인간이 돈 버는 시대는 자고 일어나면 집 값 올라가던 시대와 함께 끝났어요. 좋아하는 거 하면서 살 거예요… 당연히 돈이 없겠죠… 결혼을 왜 해요? 아버지가 안 될 거라니까. 돈을 벌어도 내가 쓸 돈만 벌 거예요. 왜 내가 세상 즐거움 다 포기하고 돈을 벌어야 해요. 몇 푼 안 되는 월급 받기 위해 능력 없다고 비교 당해가며 비관하면서 살고 싶지 않아요… 태어난 자식 모른 척 하겠다는 것도 아니고 안 낳겠다는데 왜 죄인 취급해요. 그러지 마요, 엄마. 가볍게 살고 싶어요…

그렇다고 어렵게 사는 게 정답은 아니잖아요. 관심 갖지 마세요. 낯설어요.

전화를 끊는다.
다시 휴대전화가 울리자 벽에다 집어 던진다.

살려는 남자 난 여기가 좋아. 보여주기 위한 일 따윈 하지 않아도 돼. 나에게만 집중하면 돼. 이 얼마나 경이로운 자유인가. 직접적인 질문을 던져주지 않는 시대에 살고 있는 나. 스스로에게 질문을 던지며 나의 역사를 완성하면 된다. 나는 나를 사랑하며 살고 싶다. 눈을 가리고 의식을 지우고 몸을 몸에게 맡겨라. 몸을 집에게 맡겨라. (문득) 나, 뭐래니?

방으로 들어간다.
침대에 놓여 있는 책을 편다.

살려는 남자 어디까지 읽었더라… 처음부터 다시 읽지 뭐.

방에서 나와 식탁에 앉는다.
일어서 욕실로 간다.

욕실로 가 변기통에 앉는다.

다시 소파로 가서 앉는다. TV를 켠다. 끈다. 컴퓨터를 켠다. 끈다.

반복적으로 행동이 이어지는 동안 살려는 남자의 몸은 점점 늙는다.

등이 굽고, 움직임 느려지고, 메마른 피부, 힘이 없는 눈동자, 극 시작에 등장한 갇힌 남자의 모습과 닮았다.

남자, 방으로 간다.

바닥에 떨어져 있는 책을 집어 든다.

살려는 남자 어디까지 읽었더라… 처음부터 다시 읽지 뭐.

책을 들고 거실로 나온다.

소파에 앉아 책을 읽는다.

살려는 남자 시건방진 민주주의, 절대 권력이 된 매스미디어, 집단 이기주의, 1% 가진 자들의 오만…

화를 누르지 못하고 책을 갈기갈기 찢어 집어 던지며…

살려는 남자 떠들어대면 뭐해? 바꾸란 말이야. 바꿔.

거친 숨을 몰아쉬며 집안을 미친 듯이 돌아다니다 창밖을 보고 욕설을 내뱉는다. 그러다 문득⋯

살려는 남자 시간이 얼마나 지난 거지?

집안으로 햇살이 들어온다.

살려는 남자 낮이라는 건 안다. 며칠이 지났는지 묻고 있다. 계절은 바뀌었나? 여긴 춥지도 덥지도 않다. 일정한 온도가 유지될 뿐이다. 눈에 보이는 건 여전히 한결같다.

마치 갇힌 남자의 환영이라도 본 듯⋯

살려는 남자 어떻게 들어왔어? 우리 만난 적 있지. 그래 당신, 기억나. 짐을 찾으러 온 모양이군. 몇 가지 빌려 쓰긴 했지만⋯ (흩어져 있는 갇힌 남자의 짐을 찾다가) 당신⋯ 죽었잖아? 아니면⋯ 내가 죽은 건가? 며칠 잠을 제대로 못 잔 탓이야. 사라지라고. 가지 마. 얘길 조금 더 하는 건 어떨까? 난 편안해. 아니, 고독해. 매우 고독해. 고립된 나의 일상이⋯ 모르겠어. 난

여전히 집이 좋은데… 지저분한 일상에 섞이고 싶
지 않은데… 모르겠어. 그냥… 그냥…

살려는 남자, 벽 틈에 종이를 발견한다. 꺼낸다.

살려는 남자 이 집 설계도인 모양이군. 그런데 이 집은 이층이
없잖아.

남자, 천장을 올려다본다.
네모나게 절개된 작은 문이 닫혀있다.
힘겹게 의자를 끌어다 올라서 본다.
팔이 닿지 않는다.
살려는 남자, 밖으로 나간다. 문을 여는데 햇살에 눈이
부셔 얼굴이 찡그러진다.
잠시…
사다리를 들고 집으로 돌아온다.
사다리를 놓고 이층으로 올라간다. (살려는 남자가 올라
가는 것이 아니라 사다리가 접히면서 올라가는 효과를
느끼게 한다)
집이 움직인다.
천장이 내려오면서 무대는 이층이 된다.

사방이 창문으로 된 방이다.

살려는 남자 여기선 다 보이는군.

골목길에 버려진 쓰레기들…

욕을 뱉어내며 싸우는 사람들, 골목에서 돈을 뺏는 학생

들, 아이를 성추행하는 늙은 사내…

배설을 쏟아내는 사람들.

집주변은 재개발로 철거된 집들도 보이고, 빈민가에다

가 우범지역이다.

살려는 남자 한 발 떨어져 보면 다 보이는 걸. 이렇게 가까이 두

고 보질 못했단 말인가. 봤어야 했다. 내 눈이 나를

속였구나.

창가에서 물러선다.

벽면 한 구석에 천으로 덮어 놓은 것이 있다. 천을 거둬

낸다.

거울이다.

거울에 비친 자신의 몰골과 마주한다. 눈을 질끈 감는다.

눈을 다시 뜨는 남자.

거센 바람이 남자가 휘청거릴 만큼 흔들어 놓는다.

살려는 남자 이게 나란 말인가? 이게 나야? 이건 내가 아니다. 너는 내가 아니다.

물기 빠진 자신의 얼굴을 천천히 더듬는다.

살려는 남자 왜 보지 못했을까. 왜 보려 하지 않았을까.

잠시, 굳은 듯 멈춰버린 남자.

살려는 남자 집이 나를 삼켰구나.

서둘러 사다리를 내려온다.
집이 움직인다.
천장 바닥은 다시 위로 올라가고
무대는 다시 일층 무대다.

살려는 남자 (옷을 챙겨 입으며) 나는 떠날 거야. 이 집을 나갈 거야. 난 잊히지 않았어. 세상은 날 기억해.

옷 입기를 멈추고 휴대전화를 찾는다.

살려는 남자 전화… 전화가 어디 있을 텐데…

전화를 건다.

살려는 남자 나야… 나… 나라고. 나 모르겠어?… 그래, 나… 그
렇게 오랜만인가 우리가? 오늘이 며칠인데? 한 달
쯤 지났나?… 3년? 계절이 그렇게나 여러 번 바뀌
었단 말이야? … 아니. 아무 일도 없어. 그냥… 그
래… 그냥… 어… 전화를 끊어야겠다. 해야 할 일이
있어. 짐을 싸던 중이야. 어… 아니… 이사 가는 게
아니라… 문을 나가려고… 집을 떠나려고… 그게
다야… 그래.

전화를 끊는다.

살려는 남자 창을 열면 햇살이 쏟아지고 눈앞에 풍광도 햇살에
가려 아름다웠다. 집안에서 바라보는 풍경과 밖에
서 바라보는 세상의 풍경이 너무도 달랐다. 달라서
좋았다. 밖에 나가면 빨리 들어오고 싶었다. 집에서

나가는 시간이 싫었다. 넌 나를 가두고 내 머리를
지배했다. 나의 일상은 평화로운 게 아니었다. 여긴
지옥이다. 나는 바보가 됐다.

가방을 싼다.
'꿀럭 꿀럭' 물이 움직이는 소리가 들리더니 싱크대 하
수구가 역류한다.
달려가 물을 막아보려 하지만 소용없다.
싱크대의 수도 밸브를 잠근다.

살려는 남자 이런 빌어먹을… 집안 구석구석 다 낡아 빠졌어.

물에 젖은 남자, 옷을 갈아입으려고 한다.
콘센트에 스파이크가 일며, 스탠드가 깜박인다.
남자의 몸에서 뚝뚝 떨어지는 물.
'치릭' 순간 감전이 된 남자, 충격으로 바닥에 쓰러진다.
전류가 흐르고 움찔거리는 남자.
남자의 껌뻑이던 눈이 스르르 감긴다.
어둠이 내려앉는다.
벽을 타고 푸른곰팡이가 이동을 한다. 음식은 물론이고
몸에 침투하려고 점점 남자에게로 다가온다.

곰팡이의 습격에 기침을 한다.

현관 벨이 울린다.

무대 밝아지면서 곰팡이도 사라진다.

비틀거리며 일어선다.

밖에서 다급하게 문을 두드리는 소리.

살려는 남자 나갑니다. 잠시만…

현관으로 가 문을 열려고 한다.

잠금장치를 하나, 하나 푸는데 잘 풀리지 않아 시간이
걸린다.

살려는 남자 잠깐만… 잠깐만 기다려줘.

문밖의 남자, 전화를 건다.

살려는 남자의 휴대전화가 울린다.

살려는 남자, 문을 열려고 하는데 잠금장치가 제대로 풀
리지 않는다.

그 사이 전화벨은 계속 울린다.

문밖의 남자, 돌아서려고 한다.

살려는 남자, 그 모습을 인터폰으로 확인을 하고는…

살려는 남자 안 돼. 가지 마.

살려는 남자, 서둘러 전화를 받으러 가는데…

늘어진 전선이 팽팽하게 당겨지면서 살려는 남자가 전선에 걸려 넘어진다.

간신히 손을 뻗어 전화를 받는다.

살려는 남자 나야. 나 여기 있어.

전화는 이미 끊어졌다.

문 밖의 남자, 돌아서 간다.

살려는 남자, 분노가 치밀어 오른다. 서랍을 열고 망치를 꺼내온다.

망치로 잠금장치를 내리친다.

살려는 남자 위험에서 나를 보호하라고 달은 거지, 나를 가두라고 단 게 아니야.

망치를 들어 다시 내리치려는데

망치 앞부분이 툭 떨어지며 남자의 발을 찍는다.

고통스러운 비명소리.

옷을 찢어 피가 나는 발을 동여맨다.

살려는 남자 나갈 거야. 이 집을 떠날 거야.

다리를 절뚝이며 창문으로 간다.
창문이 요란한 소리를 내며 닫힌다.

살려는 남자 놔 줘. 내 보내줘.

집이 음산한 소리를 낸다.

살려는 남자 어차피 정해진 결말이야. 지금이 아니더라도 언젠가 끝이 있겠지. (눈을 감는다) 잠시… 잠시만 쉬자. 잠시만…

남자, 잠이 든다.
'탁 탁' 나무 터지는 소리가 들린다.
집이 내는 소리에 깊은 잠에 들지 못하고 뒤척인다.
집안은 어둡다.
모든 가전제품들이 작동을 멈췄는지 고요하다.
악몽을 꿨는지 비명을 지르며 눈을 뜬다.

갈증을 느끼며 냉장고로 간다.

냉장고를 열자 역한 냄새에 얼른 문을 닫는다.

싱크대로 간다. 물을 틀지만 나오지 않는다.

온 몸에 달라붙은 바퀴벌레들을 보고 미친 듯이 털어
낸다.

욕실로 간다.

소변을 보려고 양변기 뚜껑을 열려다 가득 찬 오물에 입
을 틀어막고 헛구역질을 한다.

살려는 남자   도대체 어쩌자는 거야? 어쩌자는 거야…

집은 대답이 없다.

살려는 남자   (허공에 대고) 넌 알고 있었지? 왜 대답이 없어? 나쁜
새끼. 넌 알았지. 그래서 그 자가 이 집을 판 거지?

집안을 미친 듯이 걸어 다니며…

살려는 남자   그래… 그 남자… 내가 이 집에 왔을 때 본… 나이
든 그 남자. 거울 속에 나를 봤을 때 익숙한 얼굴이
라는 생각이 들었다. 그래… 내가 본 그 자가 거기

있었다. 그도 나처럼 떠나려고 했구나. 그래… 너도 버려지기 싫겠지. 혼자 남겨지는 공포. 지독한 외로움. 집은 사람이 살아야 숨을 쉰다. 생명력을 가질 수 있다. 사람이 살지 않는 집은 더 이상 집이 아니라 폐기처분 쓰레기에 불과하다.

멈춰서며…

살려는 남자 찾았어. 방법을 알아냈다고. 그가 나한테 했던 거처럼, 나도 이 집에 살 사람을 찾는 거야. 나를 대신해서 살… 그 누군가가 필요해.

컴퓨터 전원을 켠다.

4. 집을 떠나다

살려는 남자, 갇힌 남자의 모습으로 식탁에 앉아 일회용
포장된 밥을 먹고 있다.
반찬이 없는 맨밥이다.
밥을 삼키다 일어서 TV를 끈다. 수화기를 내려놓는다.
다시 식탁으로 돌아와 밥을 삼키며…

살려는 남자 조용히… 기다리는 동안만이라도… 마지막은 침묵
으로 지켜주자고…

냉장고 모터 돌아가는 소리가 굉음을 낸다.

살려는 남자 지금까지 지내온 시간에 대한 예의여도 좋아.

냉장고 모터 소리가 잦아진다.

살려는 남자 사람이고 기계고 오래되면 요란해져.

마른 밥을 삼키는데 목이 막힌다.

냉장고를 열어보지만 텅 비어있다.

싱크대로 가 수도꼭지를 트는데 물이 나오지 않는다.

목에 걸린 맨밥에 목이 메여 숨이 막힐 거 같다.

가슴을 치며 '캑캑'거리고 있는데 현관벨 소리가 울린다.

순간, 수도꼭지에서 물이 쏟아진다.

미친 듯이 물을 삼킨다.

숨을 고르고 현관문을 연다.

사는 여자, 집 안으로 들어선다.

냄새에 인상을 쓰며⋯

사는 여자   그냥 가려고 했어요. 스마트폰으로 위치 찾기가 쉽지 않던데요. 사람들한테 물어도 잘 모르고⋯ 그런데 이게 무슨 냄새죠?

살려는 남자   마음에 들었으면 좋겠군.

집안으로 햇살이 쏟아진다. 창으로 시원한 바람이 불어온다.

사는 여자   햇볕도 잘 들고 환기도 잘 되네요.

살려는 남자   마음에 든 모양이군.

살려는 남자의 굽은 허리가 펴진다.

사는 여자   전세 내 놓으셨죠?

살려는 남자 팔 거요.

사는 여자   제가 잘못 알았네요. 하긴 이 돈에 전셋집이 있다는

             것도 이상했어요.

살려는 남자 그 돈에 판다고… 집이 마음에 들었으면 좋겠군.

사는 여자   아담하니… 혼자 살기 딱 좋은 공간이네요.

사는 여자, 집안을 둘러본다.

살려는 남자 물도 잘 나오고, 배수도 잘 돼. 겨울에 난방비도 적

             게 나오고… 벽과 벽 사이에 공간이 있어서 추위도

             더위도 모르고 지내지.

사는 여자   이 집, 묘한 매력을 지녔어요.

살려는 남자 집이 맘에 든다니 잘 됐군. 계약서는 여기 있네.

사는 여자, 벽에 귀를 대어 본다.

살려는 남자 아까도 말했듯이 벽과 벽 사이에 공간이 있어서 세

             상의 소리는 아무것도 안 들려. 당연히 집안에서 일

어나는 어떠한 일도 밖에선 모르지.

사는 여자 쉿! 들어보세요. 모든 집들은 드러내고 싶어 하는
욕망이 있거든요. 사람들은 집에 살면서 자신의 욕
망을 채우려고 하지만 그건 어리석은 생각이죠. 벽
돌만 쌓아 올리면 집이 된다고 보는 한심한 생각들
이 집의 말을 듣지 않죠.

사는 여자, 벽을 쓰다듬으며…

사는 여자 너를 만든 사람이 너에게 뭐가 되고 싶은지 먼저
물었더라면 넌 지금과 다른 모습일 텐데… 재료의
본질을 모르는 사람이 만들었군.

살려는 남자 집에게 원하는 게 뭔가? 살 집을 원했던 거 아닌
가? 이 집에서 어떤 삶을 살고 싶어? 집이란 게 편
안하게 쉴 수 있으면 그만이지. 안 그래? 다른 사
람 방해 안 받고 복잡한 생각도 정리하고… 집은
그래야지. 집은 먹고, 자고 씻을 공간이 있으면 그
만이야. 살고 싶은 만큼 살 수 있는 그런 내 집이면
되는 거 아닌가.

사는 여자 모든 집은 인간의 기본 욕구가 해결되도록 설계되
어 있어요. 그건 너무 평범하죠.

살려는 남자 평범하기가 더 힘든 세상이야.

사는 여자 집은 세상과 일정거리를 두고 단절된 시간을 갖게 해요. 저 문을 나서기 전엔 삶의 본질에 대한 부단한 성찰의 시간도 허락하죠. 온전한 내가 허락되는 공간. 사람과 섞여 지내다 보니까 타인의 시간에 맞춰 살게 되더라고요. 때 되면 같이 밥 먹어야 하고, 잘 시간에 같이 자야 하고, 여행도 서로 스케줄 맞춰야 하고. 오로지 나만을 위한 시간을 가지려면 먼저 혼자만의 집을 가져야 하죠.

살려는 남자 같은 질문에 다른 답을 하는 군. 그쪽과 나는…

사는 여자 사람은 말이 너무 많아요. 뱉는 순간 버려지는 말들을 마구 쏟아내죠. 집은 침묵하는 멋을 알아요. 이 집을 몇 사람이나 거쳐 갔을까요? 번잡한 인간의 감정을 묵묵히 받아낸 시간이 얼마나 될까요? 집은 침묵으로 자신을 말해요. 그게 집의 본질이고 인간이 꿈꾸는 이상적인 상대죠.

살려는 남자 이 집이 좋아 보여?

사는 여자 마음에 들어요. 이 집에 살고 싶어요.

살려는 남자 나도 눈을 가장 믿고 살았지만 눈은 언제나 배신을 하더군.

사는 여자 등은 바꿔야겠어. 빛만 바꿔도 집이 달라 보일거야. 무드등을 사방으로 달아주면…

살려는 남자 전구를 갈아 단다고 집이 달라질까.

사는 여자 집이 낡아 보이는 건, 살았던 사람 탓이에요. 난 제대로 만들어 줄 거예요. 누가 와도 망칠 수 없게… 오래된 건물이라도 세월과 상관없이 빛날 수 있어요. 나에게 꼭 맞는 환경으로 바꿀 거예요.

살려는 남자 나라면 그 짓 안 해.

사는 여자 자연이 대지의 만물은 키워도 집은 지을 수 없어요. 인간만이 할 수 있는 영역이죠. 지상에 없는 걸 새롭게 만들어 내는 거예요.

살려는 남자 개똥철학. 집이 가족, 사회, 자연 모조리 부셔대고 있어.

사는 여자 쓰임에 따라 달라지는 게 집이에요. 이 집이 쓸모 없어 보이는 건 아저씨가 그렇게 사용했기 때문이에요.

살려는 남자 죽이려고 마음먹으면 무엇이든 죽일 수 있어.

사는 여자 사람이요?

살려는 남자 집이…

사는 여자 인간은 정해진 시간을 살지만 집은 시대를 초월해 영원히 존재할 수 있죠. 교감을 이끌어 내기도 하고, 영감을 주고, 상상하고… 이 집에선 많은 것을 할 수 있을 거 같아요.

살려는 남자 공포를 알게 되는 순간이지. 경험에서 하는 충고야.

사는 여자 계약서 주세요.

살려는 남자, 사는 여자에게 계약서를 준다.

사는 여자, 도장을 찍고는…

사는 여자 언제 이사 가실 거세요?

살려는 남자 언제라도…

사는 여자 이사 갈 집은 구했어요?

살려는 남자 아직… 상관없어. 난 집을 갖지 않을 거니까.

사는 여자 거리에서 살 거 아니라면 집이 있어야 될 텐데…
그거 모르세요. 사람은 죽기 전까진 집을 떠나지 못
해요.

살려는 남자 죽기 전까지…

사는 여자 당연하죠. 인간은 집을 옮겨 다니며 사는 거지, 영
원히 떠날 수는 없어요. 살아있는 동안엔…

살려는 남자 그 자가 죽은 게… 나한테 집을 팔아서… 사람이
집을 떠나는 순간은 죽음… (집에게) 너는 내 목숨을
빼앗지 못해.

남자를 휘감고 지나가는 바람.

살려는 남자 내가 말하지 않은 게 있어. 현관문이 안전하지 않아. 다시 달아야 할지도 몰라. 땅도 반듯하지 않아서 집을 헐고 다시 짓는 것도 어려울 거야. (남자, 자리를 잡고 선다) 위치를 바꿔 보겠나. 이리 와서 서 보라고. 그리고 집을 봐봐. 비틀어졌지. 설계가 잘못 됐어.

사는 여자 알고 있어요.

살려는 남자 교통편도 좋지 않아. 문 닫은 가게들이 많아서 생활하기에 무지 불편해.

사는 여자 상관없어요. 인터넷으로 주문하면 돼요.

살려는 남자 낡은 집이라 바퀴벌레도 많고…

사는 여자 집 잔금 안 받으시게요?

살려는 남자 (자신의 계약서를 찢으며) 이 계약 없던 걸로 해. 그쪽 것도 이리 줘.

사는 여자 싫어요. 이미 계약은 끝났어요.

살려는 남자 난 이 집 안 나가. 못 나가. 더 살아야겠어.

사는 여자 계약은 끝났어요. 이 집은 내 거예요.

살려는 남자, 여자에게 달려들어 계약서를 뺏으려 한다.

여자도 뺏기지 않으려고 필사적이다.

살려는 남자, 온 힘을 다해 여자를 누른다.

여자, 숨이 막혀 죽을 거 같다.

사는 여자 죽을 거 같아. 제발…

여자, 살려는 남자를 밀쳐낸다.

사는 여자 (거친 숨을 몰아쉬며) 미쳤어? 이 집은 내 거야. 당장
나가.

살려는 남자 돌아가 줘. 이 집이 없어도 당신 살 수 있잖아.

사는 여자 집의 주인은 나야.

살려는 남자 남자가 죽었어. 집을 떠나려다…

사는 여자 계약은 끝났어.

살려는 남자, 축 늘어진 걸음으로 방으로 가며…

살려는 남자 살아야겠어. 살고 싶어.

사는 여자 그쪽 문이 아니라고.

살려는 남자, 대답 없이 방으로 들어가 문을 잠근다.

여자, 방문을 두드리며…

사는 여자   열어. 경찰 부르기 전에 당장 내 집에서 나가.

방으로 들어간 살려는 남자. 침대에 쓰러지듯 눕는다.

살려는 남자   네가 이겼어. 나는 너를 떠나지 않을 거야. 살고 싶어. 살아야겠어.

여자의 휴대전화가 울린다.

사는 여자   (받고) 어, 집 샀어. 근데… 남자가 미쳤나봐. 집을 안 나가겠대.

여자가 전화를 거는 사이, 남자가 달아 놓은 선반 못이 조금씩 움직인다.

사는 여자   (통화중) 경찰 불러야지. 어… 집? 너무 좋아. 마음에 들어. 응…

여자가 전화를 끊는 순간, 침대에 누워 있는 살려는 남자의 머리 위로 선반이 떨어진다.

살려는 남자, 짧은 경련을 하는가 싶더니 모든 움직임을 멈춘다.

여자, 창가로 간다.

사는 여자 너무 예뻐. 이런 곳이 있었나 싶어. 여기 살면 나가고 싶지 않을 거 같아. 내가 쓰고 싶은 대로 꾸밀 거야. 그 돈으로 이런 집 못 사지. 이런 기회 다신 없을걸. 여기서 보니까. 세상이 아름답다.

마치 그 말에 반응이라도 하듯 집이 움직인다.

'삐걱… 삐거덕…'

벽 사이에서 소리가 흘러나온다.

'내가 너를 택한 거야.'

햇살을 받고 서 있는 여자의 모습에서 막이 내린다.

달의 목소리

등장인물

나와 정정화는 한 인물이다.

무대

무대 뒤로 영상이 투영될 스크린이 있다.
나, 정정화의 자서전 [장강일기]를 읽으며 등장한다.

나　"불혹이란 사십의 나이에 비로소 조국의 이름을 부를 수 있었다.

조국의 이름으로 이역에서 산화한 이들을 동정호 물에 흘려보내면서

조국이 무엇인지를 확연히 깨달았다.

나는 아들의 손을 꼭 움켜쥐었다. 그리고 손끝으로 말해 주었다.

조국이 무엇인지 모를 때에는, 그것을 위해 죽은 사람들을 생각해 보라고

그러면 조국이 무엇인지 알게 된다고…"

제가 처음 정정화 여사를 만났을 땐 인사를 나눌 수가 없었습니다. 왜냐면 정정화 여사를 책으로 처음 만났거든요. 1997년 우연히 선배가 하는 출판사에 놀러 갔다가 정정화 여사의 회고록인 『장강일기(녹두꽃)』라는 책으로 만났습니다.

어렴풋이…

첫 장을 넘길 때 정오의 햇살이 뽀얀 달빛으로 바뀐 줄도 모르고… 그렇게 잠시 저의 시간을 잊어버리고

정정화 할머니의 삶을 읽어 내려갔습니다.

쿵.쾅.쿵.쾅. … (사이)

심장 박동 소리가 어찌나 빠르게 뛰던지 제 숨이 따라
가질 못할 정도였죠.

참으로 오랜만에 '아! 내가 아직 가슴이 뛰는구나. 내
심장 소리가 이렇게 컸던가?' 이성이 차갑게 다스리던
나의 일상이 마구 흔들리는 것 같은 불안감… 전 도망
치듯 그곳을 빠져나왔습니다.

그리고 그날 밤, 자다 깬 건지, 뒤척이기만 하다 일어
난 건지는 잘 기억이 나질 않지만 더는 울렁거림을 견
딜 수가 없어 밖으로 나왔습니다. 환했어요. 밤은 어둡
다고 생각하잖아요. 그런데 어찌나 밝던지…

달이 나를 보고 있었습니다. 달은 세상을 보고 있었는
지도 모릅니다. 그러다 생각이 들었습니다. 달은 다 보
았겠다고… 지금도… 그 시절에도… 나도… 정정화
할머니도… 조국을 잃은 민족도… 다 보았겠다고…

밤하늘의 달마저 뜨겁게 느껴지는 그날부터일 겁니
다. 제가 정정화 할머니의 삶으로 세상과 대화를 결심
한 게…

아무것도 두렵지 않았습니다. 어떤 답을 얻고자 시작한 것도 아닙니다.
그저 달빛을 따라가다 보면 알 수 있을 거 같았습니다. 내 가슴에 울렁증이 왜 생겼는지…

(영상 : 젊은 정정화 여사의 사진)

정정화 여사는 1900년 8월 3일 서울에서 태어나 열한 살 되던 해에 대한협회 회장을 지냈던 농농 김가진 선생의 아들 김의환 선생과 결혼합니다.
중국 상해로 망명해 있던 시아버지와 남편의 뒤를 따라 상해로 탈출하면서 이야기는 시작됩니다.

(영상 : 서울역)

1920년 1월, 온몸 구석구석 얼어붙게 하는 매서운 겨울바람을 뚫고 서울역에서 상해로 가는 기차에 몸을 싣습니다. 빼앗긴 땅, 빼앗긴 조국의 겨울이라 더 시렸을 겁니다. 열한 살에 시집가서 꼭 십 년만… 어쩌면 그녀에겐 '탈출'이었을지도…
먼… 길… 고난의 길일 거라 만류하던 친정아버지를

뒤로하고 선택한 길. 그 길은 그녀가 처음으로 선택한 길이었습니다.

그날의 탈출은 사촌오빠 정필화와 동행했습니다.

(장엄한 음악과 함께 기차의 기적소리)

정정화 오라버니, 이거 타요?
이 기차가 북으로 데려다준다고요?

(움직이는 기차. 차창 밖의 풍경 지나가고, 입체적인 영상과 음악 계속 이어지면서 조명은 두렵게 상기된 정정화를 비춘다. 영상은 지도에서 이동하는 열차의 모습, 서울을 떠나서 의주를 지나 국경을 넘어 봉천에 도착하는 모습이 다양하게 펼쳐진다.)

오라버니 안녕히 가세요. 여기서부터는 제가 알아서 갈게요.
네 걱정 마세요, 오라버니.

(잠시 후 열차 다시 출발하는 듯하면 주먹밥을 꺼내 먹는다.

목이 메는 정정화 이내 먹지 못하고 울먹인다. 그리고 노래)

노래 NO.1 여인의 길

　　달아 너는 알겠지
　　이 길 끝에 무엇이 기다리는지
　　압록강 건너 상해로 가면
　　그곳에 내 님 만나려나
　　창밖에 내린 어둠은 나의 두려움
　　바람이 불어도 지워지지 마라
　　마음속 결심아
　　겨울을 끝내고 봄을 데려다 다오.

　　달아 너는 알겠지
　　이 길 끝에 무엇이 기다리는지
　　압록강 건너 상해로 가면
　　그곳서 조국 찾으려나
　　창밖에 내린 어둠은 나의 두려움
　　바람이 불어도 지워지지 마라
　　마음속 결심아
　　겨울을 끝내고 봄과 함께 오리라

(노래하는 동안 영상은 산해관을 지나 천진 그리고 남경도 지나서 마침내 상해에 도착한다. 노래 끝나면 기차에서 내리는 정정화, 그리고 주변을 두렵게 두리번거린다.)

혹시 여기 조선사람 사는 곳 아시나요? 조선사람이요. 네. 조선사람 모여 사는 곳이요?

나   무턱대고 조선사람들 사는 데를 물어 첫 번째로 찾아든 곳이 '손정도'라는 사람의 집이었고, 손정도 씨의 안내로 시아버님과 그녀의 남편 성엄이 있는 집으로 갈 수 있었습니다.

정정화   아버님… 저 왔어요. 그리 좋으세요? 저도 아버님 뵈니 좋습니다. 어머님도 안녕하세요. 어머님도 저도 망명 소식 신문 보고 알았네요. 걱정은 많으실 텐데 입밖으로 걱정을 내놓지는 않으세요. 어머님께는 친정 간다고 하고 왔습니다. 첫딸 잃고 두 달 만에 남편까지 망명했으니 며느리를 곁에 두기가 마음 아프셨는지 다녀오라 하셨습니다.

(남편에게) 당신은 어째 그래요. 나한테도 말 한마디

130

없이… 나도 알아요. 아무도 몰라야 하는 길이었다는
건… 그래도 야속하대요. 기차 타고 오는 열흘 내내
찾을 수는 있을는지, 맘 졸였어요. 눈 두는 곳마다 벌
판이 끝도 없고… 그래도 믿었지요. 저 달이 나를 데
려다 줄 거다. 당신이 있는 곳 알려 줄 거다.

(눈가를 슥슥 닦으며…)

울기는요. 눈에 뭐가 들어가서… 알아요. 친정아버지
도 그러시대요. 내가 생각하는 거와는 많이 다를 거
라고… 여자로서 가기 힘든 길일 텐데… 꼭 가야겠냐
고…

몰라서 가는 길 아니라 했어요. 알지만 가야 하는 길
이니까 가는 거라 했어요.

어디서 산들 쉬운 인생 있겠어요.

(임시정부 당시 거처 영상)

나　　그렇게 그녀는 임시정부에서의 생활을 시작합니다.
상해에서의 형편은 그야말로 애옥살이였습니다. 거
처는 프랑스 조계지 내에 있었습니다. 집 전체를 빌려
방을 다시 세놓는 그런 집이었습니다. 국내에서는 3.1
운동의 기운에 힘입어 임시정부에 대한 기대가 컸지

만, 독립운동은 둘째치고 하루하루 먹고사는 게 문제였습니다.

상해로 온 지, 보름이나 지났을까 그녀는 조선으로 돌아가 자금을 구할 생각을 합니다. 국내로 돌아가 잡히기라도 하면 죽을 목숨임을 알면서도…

('펑' 카메라 플래시 터지는 소리와 함께 사진 영상이 뜬다)

정정화   당신 옷이 그게 뭐예요? 갈아입어요. 사진 남겨서 우리만 봐요? 후손들이 보면 뭐라겠어요. 사는 거 힘들었다고 알려줘 뭐하게요. 자부심 품게 멋지게 남깁시다. 그게 옳아요. 어차피 가기로 한 건데 얼굴 펴요. 난 웃을 거예요. 못 볼지도 모르는데 고운 얼굴 기억하라고… 왜 화를 내요? 그럴 수도 있다는 거지. 그럼 어째요? 다른 방도 있어요? 다들 돌아오지 못할지도 모른다는 거 알면서도 가지 말라 말도 못 해요. 나도 서운하고… 두렵고… 후회도 돼요. 내가 왜 그런 결심을 했는지… 그래도 누군가는 해야 하잖아요. 당신은 신문에까지 난 사람이에요. 압록강 건너기도 전에 알아볼걸요. 누가 짐작이나 하겠어요, 나처럼 작은 여자가 독립자금 구하러 국경 넘나들 거라고…

이름 얻자는 거 아니에요. 그런 소리 마요. 나 여기 온 거 한 번도 잘못 왔다고 생각한 적 없어요. 서울서 살림살이를 꾸려나가던 때와는 전혀 분위기도 다르고 어려워도 그래도 여긴 무언가 긴장도 되고 활기차고… 나를 필요로 하는 사람들이 있고… 내가 할 일이 있고… 내가 쓸모가 있다는 생각이 들어서 좋아요. 여보 나, 가요. 나 없는 동안 끼니 잘 챙겨요. 아버님 조반 잊지 말고…

(밤의 강 소리와 영상 / 책 영상)

나   (책을 펼쳐 읽는다) '밤의 강 소리는 사람을 위협했다. 차라리 짐승의 포효라면 방향이라도 알고 겁에 질려 달아나기라도 하련만 한밤중의 강바람 소리는 달랐다. 전혀 으르렁거리지 않으면서도 사방에서 사람을 옥조여 왔다. 목청 높은 협박이 아니라 사람을 은근히 겁에 질리게 하는 고요한 위험이었다.'

무서웠을 겁니다. 무섭지 않다고, 두렵지 않다고 맘으로 수십 번, 아니 수백 번을 되뇌며 어둠을 타고 국경을 넘었을 겁니다. 어느 누구 하나 '안 된다' 딱 잘라 말한 사람도 없었답니다. 그만큼 어려웠다는 뜻이겠지요. 그녀는 자금 조달 또한 자신이 선택한 길이었다고 하지만 시대가 그녀를 내몰았는지도 모릅니다. 그 시절은 나보다는 조국이 먼저였으니까요.

처음엔 친정에 가서 돈을 좀 얻어 오려던 계획은 임시 정부의 자금 조달을 위한 공적인 임무로 바뀌고 다시 국내로 잠입합니다.

(책상 위에 종이를 든다) 이건 일종의 암호 편지입니다. 밀서인 거죠. 백지처럼 보이지만 불에 쬐면 글씨가 이렇게 드러납니다. (전대를 든다) 그리고 이건 그녀가 모은 독립자금이 든 전대입니다. 첫 번째 임무는 무사히 수행했으나 모인 자금이 예상보다 적어서 이듬해 1921년 늦은 봄 그녀는 두 번째 본국에 밀파되고 1922년 6월 세 번째 입국을 시도합니다. 하지만 압록강 철교를 건너다 일본 경찰에 체포되어 서울로 압송됩니다. 당시 잔인하기로 유명한 종로경찰서의 김태식이 그녀를 취조합니다.

김태식은 그녀를 쪽배에 태워 밀입국을 도우며 양복집 하던 이세창을 고문 틀에 묶어 그녀 앞에 앉힙니다. 이세창의 손톱을 뽑고, 사지를 불로 지지고, 코로 고춧가루 물을 먹이고… 그녀는 피를 토하는 심정을 입 밖으로 내지도 못하고 살을 에는 고통을 뼈를 깎는 고통을 눈으로, 몸으로 받아들여야만 했습니다.

(비명)

정정화 그 사람 몰라요. 모르는 사람 어찌 아는 사람이라고 해요.

상해요? 갔어요. 몇 번을 말해요. 시아버님 뵈러 갔다고… 연로하신 시아버님 수발들러 갔다고요. 가보니 사람 살 곳이 못 돼요. 사는 게 너무 힘들어 친정으로 돌아가는 길이었다고요. 그쪽 말대로 내가 항일투사라면 설득시켜 귀국시키는 길이니, 칭찬해야 할 일이지…

(비명 계속 이어지는 가운데…)

제발… 그만 해요. 몰라요. 난 몰라요.

(외마디 비명과 함께 정적이 흐른다. 나지막하게…)

이봐요. 눈 떠요. 숨 쉬어요. (사이 후 북받치는 감정 사이로 토해내듯) 미안해요. 나 때문에… 미안해요. 내가 해줄 수 있는 게 없어서…

나   그렇게 이세창은 죽습니다.

그녀가 책을 내지는 주변의 권유를 받고 자신의 일기가 부끄럽다며 불에 넣었던 분이 마음을 돌려 책을 내겠다, 결심했던 건 이세창처럼 이름 한 자락 남기지 못하고 조국을 위해 죽어간 수많은 사람들을 기록으로 남겨주고 싶어서라고 합니다.

그녀가 고문 받다 죽어 간 이세창을 뒤로하고 수감에서 풀려나, 밖으로 나오자 그녀를 기다리고 있던 건 시아버님의 부고가 적힌 전보였습니다.

이세창의 죽음에 대한 죄책감, 시아버님의 임종을 지키지 못했다는 죄책감으로 몇 날 며칠을 괴로움으로 뒤척였을까… 감히 가늠조차 어렵습니다.

(프랑스 조계에서 거행된 김가진의 장례식 영상)

연로하신 시아버님은 건강이 차츰 악화되어 1922년 7월 4일. 일흔넷의 고령으로 상해로 망명하신 지 3년 만에 불귀의 몸이 되셨습니다. 형편은 어려웠지만 장례식이 성대하게 치러졌음을 엿볼 수 있습니다. 이는 동농의 임정 내 위치도 위치려니와 대한민국 임시정부의 존재를 세계에 알리려는 의도도 있었던 것으로

보입니다. 1923년 이른 봄에는 그녀의 친정아버님도
세상을 떠나십니다.

('나'는 정정화와 동일한 감정으로 노래를 부른다)

노래 NO.2 그 길을 나 따르리

눈물로 세상을 덮어 슬픔을 흘러 보낼 수 있을까
조국의 땅을 빼앗긴 아픔을 그대 품에서 달래였는네
하늘을 잃은 마음은 어디서 그대 보내고 달랠 수 있나
쓰러져가는 지상의 모든 것을 지켜보며
육신을 바쳐 피를 모아 외친 간절함
그 길을 나 따라 가리
모두가 꾸는 꿈 간절함 하나로 모아
이룰 거라던 그 믿음 하나로 상해에 피운 꽃
그 길을 나 따라 가리
대답 없는 그 이름 마음 다해 불러 봅니다.
꿈길에서 뵈옵기를
(읊조리듯) 아버지…

나   그녀의 남편인 성엄은 젊은 동지들과 공작을 계획했으나 자금과 조직의 빈곤으로 실천에 옮기지는 못했습니다. 프랑스 조계 밖으로는 나가지도 못했으니 비참하다는 말로 그 비참함을 다 담을 수 없을 정도였다고 합니다. 1926년 그녀의 남편 성엄은 영국인이 경영하는 전차회사에 취직하게 되었고, 그 덕에 생활이 조금은 안정되었습니다. 그때 정정화 여사 눈에 아이들이 들어왔다고 합니다.

정정화 상해서 자랄 아이들은 상해말은 배우겠지만 조국의 말은 누가 가르치나? 말이 글이고, 글이 정신이고, 정신이 말인데 누구든 가르쳐야지 않나? 얘들아, 이리 오렴. 여기 모이면 감자 한 알씩 주마.

ㄱ.ㄴ.ㄷ.ㄹ.ㅁ.ㅂ.ㅅ.ㅇ.ㅈ.ㅊ.ㅍ.ㅎ. 기역 가슴에, 니은 나라를, 디귿 담고. ㄹ을 부르니, 미음 마음에, 비읍 보물로, 시옷 소중히, 이응 여기며, 지읒 조국에, 치읓 축복과, 피읖 평화를, 히읗 희망으로.

나 정정화 여사는 아이들에게 우리말과 글을 가르치는 건 조국 독립만큼이나 중요한 일이라고 생각하고 학교도 세웠습니다. 그리고 얼마 후 망명지에서 첫아들 후동이를 얻게 됩니다.

정정화 (자장가를 부른다.)

자장 자장 우리 아기
잘도 잔다 우리 아기
앞집 개도 짖지 말고
뒷집 개노 짖지 마라.

후동아! 할머니 보고 싶지? 할머니도 외할머니도 너
보면 참 좋아하실 텐데…
우리 서울 갈까? 그래 우리 후동이 첫걸음 떼면, 내 나
라 내 땅 밟고 오자.

나 후동이가 돌 지난 무렵, 그녀 나이 서른 살이 되던 해
여름, 10년 전 망명길 이후 여섯 번째로 다시 고국 땅
을 밟았습니다. 시댁과 가까운 인사동을 지나다 첫 번
째 본국에 들어왔을 때 그녀를 숨겨준 집을 지나게 되
어 안부나 여쭙자고 인사차 들립니다. '누구시더라?'
그녀가 젊은 아낙에게 '내가 아무개입니다'라고 인사
를 하자 대뜸 묻는 말이었습니다. 그녀는 무안함을 감
추려고 뒤도 돌아보지 않고 그 집을 나옵니다. 젊은
아낙의 시숙부 두 분은 항일투쟁에 가담하여, 한 분은

상해에서 별세하고, 또 한 분은 그곳에서 민족의 해방을 위해 몸을 바치고 있었다고 합니다. 그녀가 대문을 나서려는 데 젊은 아낙의 시부모님 내외가 쫓아 나와 잡으시는 바람에 혹여 '누구시더라?' 물은 게 서운해서 토라져 갔다는 말은 듣고 싶지 않아 잠시 인사를 나누고 나왔답니다. 그녀는 그 일로 많은 생각을 하게 됩니다.

정정화 내가 누구를 위해 독립운동을 하는 거지? 도대체 독립이 무엇이며 또 투쟁은 무어란 말인가? 독립의 주인은 누구요, 투쟁의 대상은 누가 되어야 하는가? 내가 만약 국내에서 독립운동을 하다가 상해의 독립지사들을 찾아가서 '제가 아무개입니다'라고 소개하면 그들이 나를 보고 '누구시더라?'라고 할까? 아니다. 나는 아니라고 믿는다.

가자, 아가. 우리 상해로 다시 가자. 가서는 독립이 되기 전에는 돌아오지 말자.

(상해로 가는 길…)

노래 NO.3 다짐의 노래

내 쉴 곳은 어디인가
내 있을 곳 어디인가
마음을 지키는 게 이리 어려웠는지
내가 무엇을 해야 하고
내가 누구였는지
마음을 지키는 게 이리 어려웠는지
조국의 독립을 위해 떠났던 길
독립된 조국이 아니면 돌아오지 않으리

(무대 밖에서 백범의 목소리가 들린다)

'후동 어머니 나 밥 좀 줄라우?'

정정화 백범 선생님 어서 오셔요. 점심이 아직이세요? 때 지
난 지가 한참인데… 시장하시겠어요. 오늘은 어쩐 일
로 석오장과 우천도 같이 오셨네요. 금방 됩니다. 들어
오세요. 술요? 평소엔 찾지도 않으시던 술은 왜요? 오
는 길에 신문도요? 네.

(폭발음과 함께 이봉창 의사의 사진이 뜬다)

나 그날 백범 선생님은 건배를 들었다고 합니다. 그녀가 사다 준 호외에 이봉창 의사가 일본 천왕이 탄 마차에다 수류탄을 던진 기사가 실려 있었던 겁니다. 모든 것이 어둡기만 한 시대였습니다. 해방의 날이 반드시 올 거라는 확신은 버리지 않고 있었지만, 임시정부의 외교적 고립과 국내와의 단절로 새로운 투쟁 양식이 필요했던 겁니다.

백범은 혼자서 책임지기로 하고 테러 활동을 주도했습니다.

이 일로 일본의 압력이 거세져 상해를 탈출해야 했습니다.

그때 미처 빠져나오지 못한 도산 선생님은 체포되고 말았고 도산의 체포로 충격을 받은 백범은 모든 거사는 자신과 애국단의 소행이라고 성명서를 발표도 하고, 구출하려고 노력도 하지만 성과를 얻지는 못했습니다. 6년간 옥살이 끝에 도산 선생님도 세상을 뜨셨습니다. 도산의 장례식에서 그녀는 눈이 뭉개져라, 울었다고 합니다.

슬픔을 참지 않아도 되는 날, 토해내고 싶었을 겁니다.

울어서 슬픔을 토해내기라도 하지 않으면 창자가 끊어질 거 같았을 겁니다. 아마도 선생님의 죽음에 독립운동으로 쓰러져간 젊음과 상해의 삶을 모두 얹어서 그날만큼은 울고 울었을 겁니다.

백범의 부인 최준례 여사는 워낙 몸이 약한 데다 폐렴까지 겹쳐 프랑스 조계 밖 홍구 지역에 있는 폐병원에 입원하여 무료로 치료받게 되었습니다. 1925년 정월 초하룻날 그녀는 최 여사가 있는 병원으로 인사를 갔습니다.

정정화   환자가 운명 직전이면 가족에게 알리는 게 순서지. 찾아온 사람을 막아설 일입니까? 비키세요. 난 봐야겠습니다. 만나야겠습니다. 최 여사님… 저 알아보시겠어요? 네 저요. 후동이 어미요. 선생님 오시라 할까요? 알지요. 프랑스 조계를 벗어나는 게 얼마나 위험한 일인지 저도 잘 알지요. 그래도 마지막이 될지도 모르는데… 얼굴은 한번 보셔야지요. 얼굴이라도…

나   당시에 백범 선생님이 프랑스 조계 밖으로 나온다는 건 목숨을 담보해야 하는 일일 만큼 위험한 시정이었습니다. 최 여사는 그렇게 가족의 따뜻한 체온을 느껴 보지 못한 채 숨을 거두고 맙니다.

(긴 묵념)

민족의 지도자라는 굳센 기품 뒤로는 가족의 죽음이 라는 불행이 늘 따랐습니다.

(책을 읽으며)

"신이는 자라며 내 어머님의 빈 젖을 물었다. 그 덕에 신이가 말을 배우게 될 때 할머니는 알아도 어머니란 말을 몰랐다."

조국을 찾기 위해 개인은 철저히 버린 삶이죠. 누가 그리 하라고 강요도 하지 않았지만 누가 먼저랄 것도 없이 그것이 맞는 건 줄 알고 살았을 겁니다.

(중일전쟁 영상)

1937년 7월 7일. 8년간 계속된 중일전쟁이 시작된 날입니다.

남경대학살. 중일전쟁이 터진 지 21일 만에 일본군은 북경을 점령했습니다.

일본 비행기가 폭탄을 퍼붓고 기관총을 난사하고 그 야말로 아비규환이었다고 합니다.

일본의 진격이 빨라지자 불산을 탈출하기 위해 서둘러 역으로 나갔다고 합니다.

역은 피난민으로 인산인해였고, 기차에 모두 태울 수 없으니 군인들이 피난민들을 선별했나 봅니다. 임정의 식구들은 장개석의 측근으로 열차 한 칸을 배정받습니다.

이른 아침녘 도착지인 삼수에 닿았는데 일본 비행기의 공습으로 여기저기 비명이 터져 나왔다고 합니다. 그녀와 일행은 기차와 멀지 않는 사탕수수밭으로 몸을 숨기고 겨우 목숨을 건졌다고 합니다.

그들은 큰 목선 하나를 빌려 망명정부를 강물 위에 띄웠습니다. 용강은 물살이 몹시 빨랐지만, 사람이 직접 밧줄로 배를 끌어야 했기에 하루에 고작해야 이삼십 리, 운이 좋으면 오십 리를 앞으로 나아갈 뿐이었습니다.

(정정화, 배 위에서 달을 보며…)

정정화 여보, 조국의 독립은 올까요? 사람들 수군대는 소리 들었어요? 일본은 절대 망하지 않을 거래요. 두려워요. 무서워요. 이대로 아무것도 한 거 없이 돌아가게 될까 봐.

돌아간다 해도 무슨 면목으로 고개를 들어요? 20년이
에요. 여기 온 지 20년이 지났지만 아무것도… 아무것
도 달라진 게 없네요. 식민지 국민이라는 오명도 그대
로고…

어쩌면 좋아요? 어찌해야 할까요? 어찌해야 할지 모
르겠어요.

조국의 광복을 위해 투쟁하다 쓰러져간 수많은 주검
앞에는 또 뭐라고 해야 하나요? 차라리 본국에 있을
걸 그랬나 봐요. 차라리…

노래 NO.4 기약 없는 막막함

안개가 강을 지우고

달마저 보이질 않아

지금 여기가 어디쯤이지

나 무엇을 두려워하나?

지친 몸은 님 어깨에 기대 눈이라도 부치면 되겠지만

지친 맘은 님도 하나라 내 어깨 빌려 드려야 하는데

기다리면 오려나 환희의 그 날

새벽 거친 아침처럼 와주려나

기다림이 나를 무너트리지 못하게 도와주소서

힘을 주소서

멈출 수 없는 기다림

어디선가 나를 부르는 목소리 다시 일어서리

조국이 나를 부르는 소리

이 길을 멈춰 설 수가 없네.

나는 이 길 위에서 무엇을 꿈꾸나

멈출 수 없는 기다림 조국의 독립

(태평양전쟁 영상)

나 태평양전쟁은 미군의 반격이 시작되면서 비로소 막다
른 곳을 향해 치닫게 됩니다.

상반된 이해관계라는 합리성이 철저하게 적용되는 국
제 질서 속에서 우리는 스스로 자구책을 강구해야 했
고 우리 조국의 독립은 우리 손으로 쟁취해야 했기에
더 적극적인 외교를 펴나가야만 했습니다. 우리의 독
립이 세계 질서와는 전혀 무관하게 전적으로 우리들
의 의지에만 달려 있지만 않다는 것이 냉엄하고 안타
까운 현실이었지만 그렇다고 무작정 열강들에만 의존
할 수도 없는 노릇이었고 그렇게 되지도 않았습니다.

결국, 독립은 독립하고자 하는 자의 의지에 달린 것이었습니다.

제2차 세계대전이 서서히 대단원의 막을 내리면서 얄타에서 미·소·영 3국의 수뇌가 회담을 하게 됩니다. 스탈린은 우리가 즉시 독립할 능력이 있다고 봤지만, 루스벨트는 카이로선언에서와 마찬가지로 독립 자체에 이의가 있었던 건 아니지만 당장 독립할 능력은 없다고 판단했습니다. 일본의 악의적인 선전도 있었습니다. 하지만 그것보다 임시정부의 노력이 미국 대통령에게 우리가 독립국의 자격을 갖춘 국민이라는 인식조차 주지 못했던 것입니다.

(원자폭탄 투하 영상)

8월 6일 히로시마에 원자탄이 떨어졌고, 다음날 두 번째 원자탄이 나가사키에 떨어지자 '왜놈이 항복했다'라는 말들이 쏟아져 나왔다고 합니다.

(왜놈이 항복했다는 웅성거리는 소리)

정정화 당신도 우리가 이겼다고 보세요? 왜적이 항복했다는 소리가 왜 저는 기쁜 함성으로 들리지 않고 하늘이 무너지는 소리로 들릴까요?

우리가 독립하긴 한 건가요?

그래요. 당신 말이 맞아요. 다른 건 몰라도 조국의 독립을 위해 흘린 피와 의기가 없었다면 이날은 오지 않았을 거예요. 이름이 났건, 없건 간에 그들이 없었다면 살아 있는 우리가 이날을 곱게 맞이할 수 없었겠지요.

그래요. 당신 말이 맞아요. 그토록 기다리던 오늘이 결국 오고야 말았네요.

(불꽃이 터지는 영상)

여보, 미국이 일본 앞잡이 노릇을 했던 무리를 그대로 임용했대요. 당신도 들었어요? 어떻게 그래요? 어떻게 이런 일이… 조국이 독립하면 바뀔 줄 알았어요. 잘못된 게 다 제자리로 바르게 설 줄 알았어요. 어찌 하찮은 일이라 할 수가 있어요. 일본의 앞잡이 노릇을 한 게… 이럴 수는 없어요. 이럴 수는…

나　　일주일 만에 일본의 항복을 받아낸 소련은 8월 20일에 원산에 상륙, 나흘 후에 평양을 점령하고 사령부를 설치했습니다. 바로 다음 날은 미군이 인천에 상륙하면서 북위 38도 선을 경계로 조선을 분할 점령하게 됩니다.

일본에서 벗어나긴 했지만 남과 북으로 나뉘어 미국과 소련의 수중에 떨어진 것입니다. 10월 16일 임시정부의 주미 외교위원회 위원장인 이승만이 미국에서 귀국했고, 나흘 후에는 미국 국무부가 한국의 신탁 관리 의사를 표명합니다.

일본 제국주의라는 공통의 적이 있었을 때는 광복군이든, 조선의용군이든, 만주의 독립군이든, 소련의 독립군이든 목적은 하나였지만 공통이 적이 사라진 뒤의 정치판 도는 좌파, 우파의 이념대립으로 쉽게 화합하지 못했습니다.

미군정은 중국에 있는 임시정부에 냉소적이었습니다. 해방된 후 두 달이 지나서야 임정 요인들의 귀국을 허용했지만, 자격은 개인 자격이었습니다.

임정은 환국이라는 문제를 놓고 많은 진통을 겪었습니다. 전쟁 중보다 고통이나 울분은 크고 서글픈 일이었지만… 어쨌든 임정은 귀국을 해야 했습니다. 임정의 지위나 가치를 티끌만큼도 인정하지 않겠다고 해도 존재 이유가 조국의 독립이었으므로 독립된 조국에 발을 들여놓아야 했습니다. 임시정부에도, 그녀에게도 중원대륙의 흙바람이 천형 같은 빗줄기가 가슴을 갈가리 찢어 놓을 때도 뼈마디에 사무친 조국이었으니까요. 떠나는 날, 그녀는 야산에 올랐습니다.

(음악이 흐르고 언덕 아래로 흐르는 화탄계라는 강을 둘러보는 정정화)

정정화 보잘것없어 보이더니 참 아담했네. 이리 정다웠나. 물도 길어다 마시고, 빨래도 하고, 미역도 감았던 화탄계. 우리 눈물을 다 받아준 탓인지 참 곱게도 푸르구나.
얻고 싶었던 것을 얻었고, 찾고 싶었던 것을 찾았고, 가고 싶었던 곳을 찾아가는 지금, 나는 중원에 몸과 함께 묻힌 수많은 영혼이 생각난다. 나만큼이나 그들도 갈망했던 날이었거늘… 나만 가려니… 떨어지지 않는 발걸음이지만 가려 해. 그들을 대신해서 조국에 가서 보고해야겠기에…
싸웠노라고, 조국을 위해 싸웠노라고… 조국이 무엇인지 모를 때에는 그것을 위해 죽은 사람들을 생각하

151

라고 그러면 조국이 무엇인지 알게 된다고…

나   조국으로 떠나기 전, 그녀와 남편 성엄은 아들 후동을
데리고 시아버님 묘소를 찾아갑니다. 유난히도 화창
한 봄날. 몸뚱이 어느 구석에 그렇게 많은 눈물이 들
어 있었는지, 그 많은 눈물을 어찌 참고 살았는지…
여한 없이 운 날이었답니다. 울면서 시아버님께 감사
드리고, 죄를 빌고, 가르침을 받들겠노라고 언약을 하
면서요.

정정화   아버님, 저희는 곧 고국에 발을 디딥니다. 함께 모시는
것이 순서이겠으나 용서하세요. 돌아가는 대로 서둘
러 채비를 마치고 다시 모시러 오겠습니다.

나   그때는 몰랐을 겁니다. 시아버지 묘소에서 한 약속을
지키지 못 할 줄은… 동농 김가진은 1919년 4월 항일
비밀결사단체 대동단을 조직하고 같은 해 10월 상하
이로 망명했습니다. 그곳에서 임정 사람과 협의하며 3
만 청년을 규합하고 역정 밑에서 노예생활을 보내기
보다 독립군 깃발 아래 깨끗이 죽자고 말했습니다. 이
듬해 대한민국임시정부 고문을 맡아 굶주림 속에서

152

독립운동에 헌신했던 분. 재산도 노구도 독립을 위해 쓰신 분. 그분이 아직 조국으로 돌아오고 있지 못합니다. 구한말 외교관이었던 김가진 선생은 대한제국 대신으로 받을 수밖에 없었던 일제로부터의 직위가 친일파라는 오명이 사슬이 되었기 때문입니다.

그녀는 부산에 도착해서도 사흘을 기다려야 했습니다. 중원대륙을 헤맨 20년보다 딱한 신세였습니다. 고국 땅에 돌아와 처음 간 곳이 난민수용소였으니까요. 정직 참아주기 힘들었던 건, 서울로 가는 기차가 설 때마다 기어 올라와 짐 검사를 한답시고 설쳐대던 경찰관들이었다고 합니다. 일본인 앞잡이 노릇을 하던 그들의 위세는 눈을 뜨고 볼 수가 없을 지경이었답니다. 부산을 떠난 지, 이틀 만에 서울로 왔습니다.

국내 사정은 험악하게 돌아갔습니다. 신탁통치 문제 때문에 동포끼리 서로 미워하고 헐뜯고 심지어 폭력까지 동원하는 지경이었습니다.

1948년 한독당의 영수인 백범을 중심으로 추진되었던 남북협상이 실패로 끝나고 독립된 조국에서 국민의 대표를 뽑는 역사적인 선거는 반쪽짜리가 되었습니다.

백범은 마지막 정리라도 하듯이 순국열사들의 유해 송환을 추진합니다. 그녀의 시아버님 유해는 통일 정부가 곧 될 테니 그때 모셔오겠다고 남편 성엄이 고집을 부려 모셔오지 못했다고 합니다. 고집을 꺾지 못한 것을 두고두고 후회하셨다고 합니다.

(뉴스 영상과 함께)

1949년 6월26일 백범이 경교장 자택에서 정복한 현역 군인 안두희가 쏜 흉탄에 맞아 쓰러집니다. 눈물을 보인다는 것조차 죄스러워 울지도 못했다고 합니다.

그녀가 하루는 백범에게 물었답니다. '선생님, 남들은 대통령을 하는데 선생님은 무얼 하실래요?' 그러자 백범께서는 '나는 38선에 머리를 베고 죽겠다' 하시며 껄껄 웃으셨답니다. 그렇게 사람 좋은 웃음으로 호탕하게 웃으셨던 그분이…
'나도 거기 있었다고… 너무 어려서 우리 어머니 치맛자락 붙잡고 거기 있었다고…
그날 울던 어머니 모습이 젤로 잊히지 않는다고… 거리에 모인 사람들 눈도,

가슴도 뼈마디도 다 녹아내렸다고…'

그날 그 거리를 기억하고 들려줄 수 있는 분이 이 땅에 얼마나 남아 계실지…

정정화 여사는 백범을 쏜 흉악범 안두희가 어찌 나라의 보호를 받았는지 그녀는 알 길이 없노라고 나라가 보호해야 할 인물이 바뀐 거 아니냐고 누구라고 잡고 묻고 싶었지만, 물을 곳도 없고 물어도 대답할 사람이 없다는 걸 알게 되는 건 그리 오래 걸리지 않았다고 합니다.

(6.25 전쟁 영상)

1950년 5월 30일 선거를 치렀고, 6월 25일엔 남침이 있었고, 27일에는 대통령 이승만이 서울시민에게 안심하라는 거짓 방송을 하고 국민을 버리고 도주해 버렸습니다. 그러던 어느 날 자동차가 집 앞에 한 대 섭니다. 그녀의 남편 성엄을 모시러 왔다며…

정정화 당신 가요? 진짜 가요? 잠시 다녀온다고요? 그 약속 지킬 수 있어요? 이게 마지막일까요? 아니죠. 그럼요.

당신 잠시 다녀올 거니까요…

(자동차 출발하는 소리)

더는 빼앗아 갈 게 없을 줄 알았어요. 아직 남은 게 있었네요. 당신이 있었네요. 몸 성히… 그저 몸 성히…

후동아, 아버지 가셨다. 잡지도 못했다. 잡으면 안 되는 거 알겠더라.
왜 이다지 험하기만 한 건지, 왜 이다지 매정하고 야박한 건지, 잘못이 있으면 나를 벌하고, 해야 할 일이 있으면 나를 부를 것이지… 내가 붙들고 있는 사람을 부르지 말라고. 벌주지 말라고 달 보고 원망도 했다만 아무 말도 없다. 조국은 아무 말이 없어.

나   그리고 얼마 후에 북에서 성엄의 안부를 전하러 사람이 왔고, 그게 화근이 되어 그녀는 종로경찰서에 끌려갑니다. 그런데 거기서 그녀는 고문보다 더 끔찍한 일을 당하고 맙니다. 김태식… 독립자금을 운반하다 잡혀 온 그녀를 취조했던 일본 앞잡이.
옷만 갈아입었을 뿐, 그날보다 더 서슬 퍼런 눈으로

그녀 앞에 당당하게 서 있었던 겁니다. 그녀에게 가해 지는 손찌검.

(정정화, 고문에 비명을 지른다)

정정화 난 몰라요. 모른다고 몇 번을 말해요. 남편 안부를 전 하러 왔다길래… 잘 있다는 말만 들었어요. 다른 말은 없었어요. 정말이에요.

(철컹. 철문이 닫힌다.)

차다. 감옥의 바닥이 뼈가 시릴 만큼 차갑구나. 햇빛이 비집고 들어 올 틈이 없었으니 그럴 테지. 내 빈 속을 채우는 게 악취 나는 음산한 공기와 하루 두 끼 밥 덩 어리라니…

노래 NO.5 옥중소감 … (음악 위에 읊조리듯)

이럴 수 있나.
반평생 사무쳤던 내 조국인데
가진 거 무엇이든 다 내어주어도 아깝지 않았는데

어찌 나를 철창에 가두고 나를 무너뜨리나

기다린 날이 왔지만, 더 참아야 한다고 말하는 세상

허무하여라 쓸쓸하여라 배신에 몸이 떨려오고

아직도 끝나지 않은 슬픔이라니

내가 오직 바란 건 조국의 독립뿐이었거늘

독립된 조국이 나를 버리네

나는 무엇을 위해 이곳에 왔나

돌아보면 그리운 얼굴들 연기처럼 멀어져만 가네

손 뻗으면 닿을까

손 내밀 힘조차 남아 있질 않네

조국의 품에 안기어 울 힘조차 내게 남아 있질 않네

나   그녀는 죽었다. 살아는 있었지만, 조국의 독립을 위해 어둠을 타고 사선을 넘나들며 독립자금을 운반했던 겁 없던 그녀는 죽고 없었습니다. 조국이 그녀를 죽인 겁니다.

6.25는 땅덩어리도 둘로 갈라놓았고, 그녀와 남편을 갈라놓았고, 그녀의 정신마저도 부숴버린 겁니다. 수감되어 있던 한 달 동안, 간수들의 욕지거리와 손에 든 채찍이, 덜커덩거리던 철창문이 그녀를 주저앉만 만들었습니다. 차가운 마룻바닥이 그녀의 가슴을 식

게 만들었습니다. 배신감으로 온몸을 떨면서도 분노조차 할 기운이 없었습니다. 모든 걸 앗아간 차가움이었던 겁니다.

지금의 시절을 살고 있는 나는 자문합니다. 조국을 위해 자신을 철저히 버린 삶.

누가 그리 하라고 강요도 하지 않았지만, 누가 먼저랄 것도 없이 그것이 맞는 건 줄 알고 살았던 시절을 그녀처럼 살 수 있는지…

이름도 없이 조국을 위해 죽어간 사람들이 있었음을 기억해달라고 노구를 일으켜 마지막으로 남긴 책 한 권.

(책을 읽는다)

"반평생 나는 많은 영웅 열사들을 곁에서 지켜보았다. 제대로 시기를 타고나야 영웅도 영웅 값어치를 하고, 열사도 열사 대접을 받는다는 것을 그동안 배워 알았다. 임시정부와 함께, 임시정부의 식구들과 함께 먹고 잠자고 같이 일했다. 27년을 보낸 소박한 자격으로 이 글을 엮게 된 만큼 간혹 내 판단이 그릇되었을 수도 있을 것이다만 그럼에도 앞뒤 없이 풀어놓은 내 이야기가 만에 하나라도 읽을 가치가 되는 것이라면 그것은 오로지 이미 이 세상에 없는 분들의 꺼질 줄 모르는 투쟁 정신과 잊힐래야 잊힐 수 없는 그분들의 꼿꼿했던 성품 탓이다."

이름 없는 별로 잊혀진 수많은 주검들은 어쩌면 그때 이미 아셨는지 모릅니다. 누군가 찾아주는 조국은 분명 대가를 달라 할 것이다. 내가 찾는 조국만이 나에게 진정한 자유를 줄 것이라는 걸…

그녀가 진정으로 하고 싶었던 말이 무엇이었을까요?
이 시절을 사는 저는 그저 빈 행간에 멈춰 서서 잠시 생각합니다.
정의가 정의로써 대우를 받던 시절이 우리에게 있었을까요? 그것이 가능은 할까요?

(나, 책을 덮고 일어서 나간다.
나가 나가면 책 위를 비추는 조명.
그리고 정정화 여사의 마지막 육성이 담긴 영상이 흘러 오며 막 내린다.)

리어, 길을 잃다

등장인물

리어
광대

무대는 길이다.
길의 생김은 인생이 그러하듯 굽이져 있고, 굴곡져 있으
며 그 끝을 알 수 없다.
길 위에서 나고, 살고, 죽고…

프롤로그

광대는 리어의 다양한 자아로 두 사람은 극이 진행되는 동안 서로 분리 혹은 합일되면서 연기한다.

광대   이보시게 길 좀 물읍시다.

이 길로 가면 그 끝이 어디요?

어디로 가는 길이냐면… 그러니까 거기가 어디냐면…

가진 것이 많을수록 다 보이지 말아야 하며

알고 있어도 다 말하지 말아야 하는

그런 세상 이치 가르쳐 주는 그런 곳

그걸 모르는 바보가 어딨냐고?

있지.

한 인간이 살았어.

세상에서 지가 제일 빛나는 줄 안

그 빛에 눈이 멀어 왕이 된…

1. 첫 번째 길

무대 밖에서 들리는 리어의 소리.

리어 멈춰라. 경치 좀 보고 가자.

화려한 의상의 리어, 위엄 있게 걸어 들어온다.
그 뒤를 따르는 광대, 가운데가 뚫린 의자를 들었다.

광대 급하지 않습니까?
리어 보이냐?
광대 (뒤를 살피며) 멀어질 만큼 멀어졌습니다.

리어, 다급히 옷을 올리며⋯

리어 진작 말할 것이지.

광대, 의자를 내려놓으면 리어가 앉아 볼일을 본다.

광대   한 판 싸고 가자면 될 것을…

리어   격이 있지.

리어, 볼일을 보는 사이

광대   똥 한번 싸자고 100명이 넘는 병사를 땡볕에 세워두고 먼지를 마시게 하나.

리어   왕이 멈추면 세상도 멈추는데 병사야 당연히 멈춰야지.

광대   마차에서 싸던가 볼일 한번 볼 때마다 번거롭게… 사람이면 누구나 먹으면 싸는 게 인지상정, 뭐 감출 게 있다고. 부끄럼도 모르는 양반이.

리어   너 신이 왜 신성해 보이는 줄 아느냐? 똥 싸는 꼴을 보이지 않아서다. 왕인 내가 지들과 똑같은 짓거리를 하며 사는 걸 알아봐라. 날 우러러 보겠느냐? 미천한 것들이야 아무 데서나 아랫도리를 까고 볼일 보는 거다. 그래서 넌 광대고 난 왕인 게지.

리어, 일어서며…

리어   한결 가볍구나.

광대   (코를 막으며) 구려.

광대, 풀잎을 모아 볼일 본 걸 덮으려는데…

리어   둬라.

광대   맹수도 저 볼일 본 건 덮어요. 지나가던 먹잇감이 냄새 맡고 안 올까봐.

리어   그러니 두라고. 내 냄새를 맡고 근접도 못 하게…

광대   사냥감 없는 맹수는 죽는 길밖에 없소.

광대, 풀잎으로 덮으며…

광대   (혀를 끌끌 차며) 똑똑해지기도 전에 늙어버렸으니…

리어   나는 왕이야. 왕의 지혜는 늙지 않아.

광대   왕의 지혜를 개새끼가 물고 간 게지. (개 짖는 소리를 낸다)

리어   광대, 네 놈 노는 꼴이 개새끼다.

리어, 벗어 던진 옷을 주워 입으며…

광대   두 개나 있는 눈으로 세상사 보면 될 것을 그 사이에

166

굳이 코를 만들어 냄새를 맡게 한 이유쯤은 알아야죠.

리어 왕이 정의고 정의는 하나고. 하나인 정의는 하늘이고 하늘은 단순해야 돼. 하늘이 변덕이면 날씨가 변덕이고. 날이 변덕이면 백성의 하루살이가 힘겨운 게야.

광대 늙으면 느는 게 말이라더니.

리어 말이 마음이다.

광대 그 말이 참이면 광대가 필요 없게.

리어 내 딸들의 말을 들었어야 해.

광대 누구요? 막내딸?

리어 그년 얘긴 입에도 담지 마라. 남남이다.

광대 그럼. 큰딸? "아버님 사랑하는 마음을 어찌 말로 표현할 수 있겠습니까? 사물을 보는 이 눈, 무한한 공간, 끝없는 자유보다도 아버님은 소중한 분이십니다. 저의 하찮은 숨결이나 말재주로는 표현할 수 없는 무엇과도 바꿀 수 없을 만큼 사랑합니다."

리어 말이 달다. 기름진 들판과 광활한 목장, 물고기가 많이 잡히는 강을 주었지.

광대 둘째 딸은 "언니의 말이 제 맘과 같습니다. 아버님에 대한 효도에서만 행복을 느낍니다."요 한마디 보태고 나머지 땅 반을 차지했고.

리어 말이 기름지잖아. 향기가 달라.

광대　　그 재주 나도 배워야겠네.

리어　　마음속에 말을 입에 올리지 못하겠다, 버틴 년도 있는데 얼마나 아름다우냐?

광대　　"전 그냥 자식으로서 아버지를 사랑할 뿐입니다." 이 말에는 한 푼도 안 주고 내가 볼 땐 제일 좋은 말이 구만.

리어　　코딜리어 나쁜 년. 이젠 딸년도 아니다만 한때 그년을 의지해서 허전한 마음을 채우려 했던 내가 어리석었지. 음탕한 년, 속에 무엇을 품었길래 말을 못해. 분명 내 왕관을 탐했던 게야.

광대　　그걸로 뭘 할 수 있을까? 밥을 살까? 땅을 살까?

리어　　시간과 중력을 이겨 낸 것들은 모두 비싸다.

광대　　노망난 왕은 빼고.

리어, 칼을 뽑아 광대에게 겨누며…

리어　　칼을 갈아두기 잘했구나.

광대, 칼끝을 치우며…

광대　　큰딸이 한 상 거하게 차려 놓고 기다릴 겁니다. 식사

168

전에 피를 봐봐야 입맛만 떨어질 텐데…

리어   시장기가 네 목숨 살린 거다.

리어, 칼을 다시 차고 나간다.

리어   가자, 나의 군대여. 나의 걸음이 길의 시작이고 길의
끝이다.

광대, 의자를 들고 따르며…

광대   가자. 살아 있는 것들은 일어나라. 모두 가자.

2. 두 번째 길

리어, 신경질적으로 등장해 원을 그리며 서성이고 나무를
발로 찬다.
첫 장보다 옷이 단출하다.

리어 나쁜 년. 아비의 마음을 빼앗더니 아비를 능멸하고 아
비의 신뢰를 시궁창에 던져. 리어 네가 왕이냐? 어리
석은 놈. 왕과 어리석음은 어울리지 않는 것을 몰랐단
말이야. (하늘을 향해 기도하는 자세로) 하늘에 계신 신들
이여 내게 인내를 주십시오. 인내가 필요합니다. 가슴
에는 슬픔이 가득 차고 나이는 먹을 대로 먹어서 가련
하기 짝이 없는 인간에게 꼭 필요한 것입니다. 인내는
주시더라도 딸이 아비를 배반하도록 당신이 충동질하
셨다 해도 죽치고 참는 바보가 되도록 내버려 두지는
마소서.

리어, 하늘과 땅에 입을 맞춘다.
광대, 술병을 들고 등장한다.

광대 술 한 잔이면 인내야 저절로 생기는 것을…

리어, 광대에게 술병을 받아 땅에 뿌린다.

광대 마실 것도 없는데…

리어 술이라도 있어야 신이 갸륵하게 여길 거 아니냐.

광대 허기라도 채우지.

리어 늙으면 위가 준다.

광대 추위라도 달래지. 그 술이 마지막이구만.

리어 찢어 죽일 년. 아비한테 효심을 맹세한 년이 고작 술 한 병을 내주더란 말이냐?

광대 군대도 반으로 줄었고 그나마 때꺼리도 없어서 무기 들고 튄 놈이 절반인걸. 좋은 세상 다 지난 거지.

리어 광대야. 높은 곳으로 올라가 뒤 좀 살펴라.

광대 왜요? 큰딸이 아버지를 불러 세우러 쫓아오기라도 할 까 봐요?

리어 조금 쉬었다 가자.

광대 기다리게?

리어 뼈가 마를 나이라 무릎이 아프다.

광대 미련하기까지.

리어 아비가 가는데 그냥 하는 인사라도…

광대　　아직도 모르나? 기다려도 안 오지.

리어　　저 나무가 좋겠다. 올라가서 봐라.

광대　　나무 타는 짐승도 아닌데…

리어　　다용도다. 밥 먹고 입만 쓰지 말고 가끔 몸도 써라.

광대, 멀리 보기 위해 나무에 오른다.

리어　　보이냐?

광대　　아직 자리도 못 잡았소.

리어　　보이지?

광대　　궁금하면 좀 돕든가?

리어, 광대의 엉덩이를 밀어 올려 준다.

광대, 리어의 어깨를 밟고 나무 위로 올라간다.

광대　　왕을 밟고 서니 잘 보이네.

리어　　그럴 테지. 큰딸이 내게 그럴 리가 없지. 채찍으로 말
을 재촉하고 있을 테지?

광대　　아무도 없는 허허벌판에 굳게 닫힌 성문이라… 거참
세상 조용하네.

리어　　그런 일은 없을 건데… 사방팔방 살펴라.

광대   열 번을 묻든 백번을 묻든 답은 하나라니까.

리어, 광대의 발을 밀쳐낸다.

리어   그런 리가…

광대, 나무에 대롱대롱 매달리다 바닥으로 떨어진다.

리어   (광대의 어깨에 기대며) 광대야, 나 미칠 것 같다.

광대   (노래) 리어왕은 술래잡기하며
멍청이 패거리 틈에
별안간 그들은 기뻐서 울었고
그러나 나는 슬퍼서 노래했네

리어   오! 자비로운 하늘이여, 나를 미치게 하지 마시요. 미치게 하지 말란 말이요. 정신을 잃고 싶지 않다. 미치고 싶지 않단 말이다. 광대야 내가 미치기 전에 망각이라는 저주에 걸리기 전에 그년이 뭐라 했는지 다시 말해봐라.

광대, 일어나 자세를 잡으며…

광대 충격이나 받지 마셔. "이제 아버님은 늙었어요. 저승이 문 앞이라구요. 제발 아버님보다 분별 있는 사람들에게 여생을 맡기세요. 노인은 뇌도 늙어요. 판단력이 흐려진단 말입니다."

리어 아비를 위한 마음이 말속에 숨어 있는 건 아닐까? 여생을 맡기고 편히 쉬라는 뭐 그런…

광대 리어, 언제가 돼야 감긴 눈을 뜰는지… 세상에 당신만큼 어리석은 인간이 또 있을까?

리어 이래서 너란 놈과는 좋은 얼굴로 말을 나누기가 싫지 않아.

광대 내가 필요 없어졌으면 꺼지라고 하던가.

리어 내가 광대로 보이냐?

광대 광대는 접니다.

리어 우스워 보이냔 말이다.

광대 더러 그러기도 하지만 지금은 아닙니다.

리어 나이를 먹을수록 자신을 다스릴 줄 알아야 하지. 나이가 든다는 게 그런 거야. 조절하기 힘든 게 늘어나. 괄약근도 약해지고 오줌 쌀 때 찔끔찔끔… 광대 네 놈도 지리지?

광대 왜 이러세요. 아직… 저기… 저기 둔덕은 그냥 넘겨요.

리어 허풍 떠는 거 보니 찔리는구나.

광대 아니요. 절대. 진짜 절대.

리어 싫지? 늙는 게 그런 거다. 육신은 추해지고 기능은 떨어지고… 그런데도 눈은 더 멀리 봐야 하고, 말은 무거워야 하지. 못난 부분 들키지 않으려고 포장을 하고. 가면 하나쯤 쓰면 그만인걸 뭐 그리 대순가 싶지만 그게 간단하지가 않아. 세월을 따라가기에 숨이 차오르고, 고르지 못한 숨소린 사고를 정지시키지. 예전에 웃으며 넘겼던 작은 일들도 새끼를 쳐서 목을 조르는 대상으로 돌변하거든. 늙었다는 사실을 깨닫지 말아야 살 수가 있다. 늙는 건 함정에 빠지는 거다. 아니, 늪이라고 하는 게 좋겠다. 한번 발을 들여놓으면 자의든, 타의든 생각은 앞으로 나가질 못하고 진흙탕에 처박힐 뿐. 그래서 더 비참한… 그 비참함을 들키지 않으려는 몸부림은 생각을 정지시키지. 원인을 알면서도 치료조차 못해. 움직일 수가 없어. 한마디 말을 입 밖으로 낼라치면 심정의 비통함과 혼란스런 감정 때문에 말과 입과 뜻이 엉망으로 섞여 상대에겐 의미 없는 지껄임으로 변질해. 이대로 물러서 패배자가 될 것인가? 아니면 어떻게든 싸워 승자가 될 것인가? 너무 흔한 질문에 뻔한 대답을 해야겠지… 버팀목을 찾을 때까지 허우적거릴 나 자신이 한심스럽다. 그런데…

그럼에도 불구하고… 그래도 늙어버린 나를 사랑하는
건… 그래야 살기 때문이야.

광대   나이는 망각할수록 좋은 거야. 늙었다 생각하면 괜히
힘이 빠지고, 힘 빠지면 패기가 죽고, 패기가 죽으면
허리 아래도… 노는 거 보니까 아직은 쓸 만하던데.
차라리 칼집에서 쉬고 있는 칼이라도 휘두르는 게 어
때? 그게 더 당신다울 텐데…

리어   너 때문이다. 너를 꾸짖는 기사 놈에게 내가 손찌검을
했기 때문이지. 딸년이 화가 날 만도 해.

광대   집을 난장판으로 만든 건 왕입니다. 난 그저 심기를
살짝 흩트렸을 뿐.

리어   어질러진 집안이야 치우면 되는 것을. 걱정 마라. 내겐
둘째 딸이 있다. 나에 대한 사랑을 맹세한… 둘째 딸
은 다를 거다. 나를 귀하게 대접할 거야.

광대   허기진 배와 추위만 피할 수만 있기를…

리어   난 역사가 쓰고 싶었다. 그러니까… 남들이 절대 봐선
안 되는 일기 같은 거 말고, 역모를 담은 편지도, 보고
싶은 마음 전하는 편지 같은 역사가 아닌 시간이 지나
쓰레기통에 버려질 그런 역사가 아니라 많은 백성이
나를 기억하고, 존경심을 담아 박수를 보내는 역사에
남기고 싶었다. 왕의 이름으로 밥을 먹고, 인생 한 귀

통이나 채우는 그런 역사가 아니라 제대로 된 역사가
되고 싶었다. 나도 인간이니 언젠가 죽을 테지. 내가
죽어서도 백성들 왕을 기억할 때 어느 시대, 어느 왕
보다도 내가 최고였다고 말할 수 있게, 두고두고 되씹
어도 신물 나지 않는 그런 역사.

광대 그건 당신의 역사지. 사람들이 살고 싶고 딸들이 살고
싶은 역사는 아니지.

리어 내가 가르치고, 밥 먹이고, 땅까지 줬어. 내가 바로 역
사야. 지들이 뭘 알아?

광대 어차피 죽으면 거품처럼 사라질 목숨, 뭐 그리 집착을
하는지.

리어 너는 그럴지 몰라도 나는 아니다. 내 자식이 나를 기
억하고, 그 자식이 나를 기억하고… 또 그 자식이…

광대 (말을 가로채며) 길 위에서 잠을 청할 게 아니라면 해가
지기 전에 왕에게 무한한 사랑을 맹세한 딸을 찾아가
는 게 어떨는지?

리어 그래 가야지. 나는 길 위에 있고 이 길은 내 길이니까.

리어, 일어서 나간다.
광대, 노래를 부르며 그 뒤를 따른다.

광대   돈주머니 찬 아비에게는 "어서 오세요."

누더기를 걸친 아비에게는 "어서 가세요."

쓴 말에 귀를 열고 단말에 마음 닫으면 왕이요

단말에 귀를 열고 쓴 말에 마음 닫으면 거지요.

3. 세 번째 길

광대, 둘째 딸을 흉내 내며 들어온다.

광대 "이건 국가의 안녕을 위해서 내린 결정입니다. 아버지의 노여움 따위 전혀 상관없어요. 세상사람 모두 나더러 잘했다 할 겁니다. 존경받고 싶으면 나잇값을 하든가. 언니한테 돌아가세요. 잘못했으면 빌어야죠. 그거 흉 아닙니다."

리어, 행색이 남루한 차림으로 나오며…

리어 나도 들었다. 다시 말하지 않아도 생생히 기억해. 쓴 말만 골라서 지껄이는 광대 같으니라고.

광대 언제는 망각의 저주에 걸리기 전에 계속 얘기하라며…

리어 지년이 무슨 권리로…

광대 (말을 가로채며) 권리야 당신이 줬지. 영토를 주어 버리라고. 충동질하는 자가 있다면 내 앞에 데려와라. 없으면 그대가 그 배역을 하는 거로 얼룩을 입은 단 말 하는 광대는 나요 냄새나는 쓴 말 하는 광대는 리어다.

리어 나더러 광대라?

광대 뭐라 부르리까? 부를 수 있는 이름은 다 주고 가진 거라고는 광대에 천성만 남았구만.

리어 제대로 전하긴 한 거냐? 아버지가 딸하고 할 말이 있어서 그런다고 전했냐고?

광대 왕이 보낸 사자를 결박해 묶어놓고 성도 비우고 없었소.

리어 돌아는 왔잖아.

광대 오자마자 돌아가라 그랬지. 잘못은 아버지께 있다고. 다시 들려 드리리까?

리어 그만둬. 내 숨이 막히고 피가 끓는다. 혹시 몸이 불편해서 제정신이 아니었던 건 아닐까? 건강할 땐 자진해서 하던 일도 병이 나면 소홀하게 되지. 병고에 시달리게 되면 육신뿐만 아니라 마음도 고통을 받게 되어 제정신이 아닐 수 있지.

광대 차라리 제정신이 아니었으면 좋겠네. 그래도 걱정은 마시오. 몸은 그냥 팔팔 납디다. 문밖에서부터 그냥 신음소리가. 발정난 개처럼 웬 젊은 놈과 대낮부터 뒤엉켜서…허… 허… 허.

리어　음탕한 년!

광대　한참을 뒹굴고 난 뒤에 사내놈이 벌거벗은 채 일어나는데 자세히 보니 충신 글로스트의 사생아인 에드몬드 아니겠소. 이놈이 자신의 커다란 아랫도리를 자랑스러운 듯 한번 쓱 쓰다듬더니…

음악 들어온다. 조명 약간 변한다.

광대　"노인을 존경하는 세상의 인습 때문에 우리 젊은이들은 인생의 꽃이라할 청춘시대가 얼마나 고달프단 말이냐. 재산은 있되 지금은 바라보지도 못하고 늙어 쇠진해서 받은들 이미 인생을 즐겁게 살 수는 없는 것이 아닌가. 늙은이들의 포악하게 구는 걸 용납하지 마라. 속박에 당하는 신세가 될 테니. 늙은이가 지배하는 것은 그들이 힘이 있어서가 아니라 우리가 그것을 받아주기 때문이다."

리어, 벌떡 일어서며…

리어　그년이냐?

광대　깜짝이야.

리어   내 성을 물려 봤고, 내 영토의 반을 물려받고, 길 위로 아비를 내쫓은 그년의 말이냐고?

광대   아니 에드먼드가. 자식에게 배신당한 늙은이가 하나 더 늘어난 거지.

리어   음모구나. 불쌍한 충신 글로스터. 가슴이 아프구나.

광대, 과장되게 데굴데굴 구르며 깔깔 소리 내 웃는다.

광대   아이고 배야. 배꼽 빠지겠네. 누가 누굴 동정해. 아이고 배야.

리어   그 웃음소리가 거슬린다. 네가 보기에 내 권세가 땅에 떨어진 거 같냐?

광대   뭘 그런 걸 물어.

리어   그렇지 그럴 리 없지. 그래도 내가 성질이 조금 급하긴 했지?

광대   당신 딸들 왕의 씨가 맞는 거요?

리어   하라는 답은 안 하고. 죽은 왕비가 낳는 걸 내 눈으로 봤다.

광대   여자야 제 몸에서 새끼를 뺏으니 확실하다지만 남자야 모르지. 씨라는 것이 본시 바람 타고 이리저리 날아다니는 거라…

182

리어   이런, 죽일 놈.

리어, 칼을 뽑으려고 하는데 칼은 없고 칼집만 있다.

리어   네 놈이 훔쳤냐?

광대   칼까지 두고 왔소? 칼이라도 있어야 왕의 위엄을 지키지. 차라리 머리에 쓰고 있는 거나 주고 올 것이지. 무겁기만 하지 쓸모도 없는 걸…

리어   (왕관을 고쳐 쓰며) 이게, 있어야 왕이다.

광대, 막대를 주워 칼집에 꽂아주며…

광대   빈 껍질보다야 뭐라도 있는 게 낫지.

리어   난 왕이다. 왕관은 봐라. 왕의 상징이다.

광대   있어도 아니요.

리어   내가 왕이 아니면 넌 광대가 아니다.

광대   자기 입으로 떠들고는 아니라네.

리어   이 가슴에 의문을 불 질러다오. (리어 운다) 두고 봐라. 이 짐승 같은 것들아. 무슨 수를 써서라도 반드시 복수해주마. 온 세상이 다 알게. 어떤 복수를 할지 아직은 모르지만 온 세상이 놀랄 그런 복수를 할 거다. 내가 울 거 같지? 절대로 울지 않는다. 울어도 시원치 않지만 이 심장이 천 갈래, 만 갈래로 찢어지기 전에는 눈물 한 방울도 비치지 않겠다.

광대 얼굴이 눈물 범벅이구만. 콧물이라도 닦지. 더럽게.

리어 누가 날 알아보겠느냐? 난 리어가 아니다. 리어가 이렇게 걷더냐? 이렇게 말하더냐? 리어의 눈은 어디 있지? 이게 누구냐?

광대 리어의 그림자.

리어, 잠시 생각에서 빠져나오는 듯하더니…

리어 그래 난 리어가 아니다. 내 입으로 말한 것도 기억 못하는 늙은이다.

리어, 광대의 모자와 리어의 왕관을 바꿔 쓴다.

리어 왕이 아닐 바엔 광대라도 되자. (광대에게) 네가 왕 해라.

광대 될 말을 해야지. 말이 뱉는다고 다 말이요. 말이 말 같아야 말이지.

리어 안 될 게 뭐 있냐? 자식이 아비 자리 차고앉아 지가 아비 행세하는 세상이다. 안 될 건 뭐고 될 건 뭐냐? 기준이 없는데…

광대 무겁기만 하고… 누구 하나 왕이라 생각지도 않는데… 왕은 무슨…

리어 내가 있잖아. (예를 갖추며) 왕이시여…

광대 지랄한다. 광대나 하는 짓을…

리어 내 머리를 보시오. 이건 광대의 모자요. 그러니 내가 광대요.

광대 놀고 싶소? (왕관을 쓰며) 까짓 기다리는 처자식이 있는 것도 아니고, 갈 곳도 없는데 서둘러 걸어 뭐하겠소. 놉시다. (리어에게) 그 칼 이리 주시오.

리어 어차피 칼도 없는 칼집인데…

리어, 칼집을 광대에게 건넨다.

광대 그러니 달라지. 놀이도 모르시오. (칼집 들며) 이제 이건 칼이 든 칼집이요. 내가 왕이 아니지만, 왕이고, 당신은 광대가 아니지만 광대고, 칼이 없지만, 칼이 있는 거 그게 놀이요. 이런 할 줄 아는 게 없구만.

리어 (광대를 흉내 내며) 섭렵한 책과 논의할 문제를 제시하며 머리를 쓰던 왕이 제 살을 깎아 먹고 삶을 지탱해 온 자신의 삶을 야금야금 토해내는 왕이 되었구나.

광대　　그래서 누가 광대를 보고 울고 웃고 하려나.

광대, 리어의 자세를 고쳐주며…

광대　　제 살을… 아까 뭐랬지?

리어　　깎아 먹고…

광대　　사과도 아니고. 갉아먹고. '갉아 먹고'로 갑시다. 제 살
　　　　을 갉아먹고 자신의 삶을 토해내는 왕이 되었군. 삶을
　　　　지탱해 온… 우린 이런 말 안 써.

리어　　왕 하는 꼬락서니가 광대 짓이랑 똑같구만.

광대　　나 아직 광대야. 당신이 광대를 제대로 해야 내가 왕
　　　　을 제대로 하지.

리어　　이성을 내세우는 왕은 질서를 좋아하지. 왕은 질서고
　　　　질서는 왕이다. 질서가 무너졌으니 왕이 더는 왕이 아
　　　　닌 게지. 어떠냐? 너도 쓴 말을 들으니 배가 뒤틀리지.
　　　　요 싹수없는 놈아.

광대　　좋은데. 아쉬워. 뭔가 살아 있는 거 같지가 않아. 느낌
　　　　이 없어. 영혼. 완전히 광대의 상태가 돼야 한단 말이
　　　　야. 표정. 이거 굉장히 중요해. 칼자루를 쥔 왕의 입장
　　　　에서는 위엄 있는 표정 하나면 만사형통이지만 우리

같은 소시민들은 전혀 그렇지 않거든. 어떻게든 이 칼바람 부는 세상 속에서 살아남으려면 온갖 가식과 인내, 살겠다는 강한 의지… 뭐 쉽게 얘기해서 무조건 미소를 잃으면 안 된다 이거지.

요즘 세상은 웃기만 잘해도 사람 좋아 보인다고 장관까지 해먹는 세상이오. 당신이 딸들에게 넘어간 것은 미소의 기술을 몰랐기 때문이오. 당신이 미소의 의미를 몰랐기 때문에 결국 세상을 다 잃었잖소. 여기서 중요한 건 입에 양쪽 꼬리가 너무 크게도 너무 삭게도 아닌 정확히 15도를 유지하면서 버티는 거거든. 이때 밸런스를 깨뜨리고 한쪽 꼬리만 올라갔을 때는 아주 심각한 상황이 벌어지게 되니까 주의하시고.

리어, 미소를 유지하다가 경련이 일어난다.

리어   경련이 일어나는데…

광대   세상에 거저먹는 게 있는 줄 아슈? 연습하시오. 나같이 위대한 온갖 말의 기술을 모두 섭렵한 광대는 한 세기 한 명 나올까 말까요. 다음으로 중요한 게 이 말인데… 당신이 이렇게 된 것도 따지고 보면 말의 이중성, 농간에 넘어갔기 때문이요. "아버님 사랑하는 마음을 어찌 말로 표현할 수 있겠습니까? 이 엄청난 역설법. 이런 대사는 밑줄 쫙 그어서 외워야 해. 말로 표현할 수 있겠습니까라고 했지만 상대방을 완전 무장해제 시키는 완벽한 표현이요. 그래서 정치하는 사람들이나 위정자들이 이 말을 자주 쓰는 거요. 제가 국민을 사랑하는 마음을 어찌 다 말로 표현할 수 있겠습니까?" 죽일 놈들…

자 다음은 말할 때 호흡과 발성이 중요한데… (시범을 보이면서) 호흡을 깊게 들여 마셔 횡격막을 최대한 확장한 후 주위의 공기보다 더 가볍고, 어머니의 젖가슴보다 더 따뜻하면서도, 달콤한 아카시아 향기를 내뿜듯, 첫날밤을 기다리는 신부의 미세한 떨림이 상대방에게 전달되게… (딸 대사를 시범 보인다)

"사물을 보는 이 눈, 무한한 공간, 끝없는 자유보다도 소중한 분이십니다. 저의 하찮은 숨결이나 말재주로는 표현할 수 없는 무엇과도 바꿀 수 없을 만큼 사랑합니다." (손뼉을 치면서) 박수 받을 만해. (목소리와 손을 떨며) "하찮은 숨결"… 이게 바로 떨림의 미학인데 눈물이 왈칵 쏟아질 것 같은 "허"이 한 가지 떨림 기술만 가지고도 국왕도 되고 여왕도 되는 세상이요.

자 다음은 비교언어학인데… 쉽게 말하자면 되받아

치기 기술이요. 사실 첫째 딸이 워낙 고난도 말기술로 점수를 땄기 때문에 둘째 딸이 역전시킨다는 것은 거의 불가능한 상태였소. 나 같은 고수도 게임은 끝났다고 생각했으니까… 근데 그 순간 "저도 언니와 같은 생각입니다. 그러나 못다 한 말을 보충한다면 이 세상에 가장 고상하고 완벽한 사람만이 누리는 즐거움일지라도 그것이 효성이 아니라면 저에겐 모두 원수입니다" 순식간에 언니를 원수로 몰고 가는 이 화려한 되받아치기 기술. 그리고 그 비장함. 난 칼을 입에 물고 자결하는 줄 알았소… 그래서 이 말이라는 것이 똑같은 특성을 지니고 있으면서도 실제로는 다른 것이요.

리어 뻔뻔스런 놈들. 사기꾼도 아니고. 역사가 인간을 만들고 인간이 역사를 만드는 거요. 오랜만에 떠들어대 보는 개똥철학이군. 말로만 떠드는 진리라… 돈도 안 들고 재밌구만. 인생은 수레를 돌리는 거와 같아서 바닥을 쳐야 올라가고 정점에 올라서면 반드시 바닥을 치게 되어있는 법. 원이라는 게 본시 돌고 돌아 제자리인 걸, 알면서도 인생사가 왜 고달프냐 하면 바닥과 정점을 인간이 비루하여 그때를 모른다 이 말씀. 정점인가 싶으면 더 오를 때가 있고 바닥인가 싶으면 더

떨어지고… 그러니 가벼이 기뻐하지도 말 것이며 무
겁게 슬퍼하지도 말지어다.

광대 제법일세. 왕관을 내려놓으니 이제사 정신이 드나 보
네. 쓸 만한 말도 할 줄 알고.

리어 내게 꼭 맞는 역을 찾은 거지. 나는 광대니까.

리어, 노래하며 춤을 추듯 나간다.

리어 (노래) 잡고 보니 여우가 아닌가
여운 줄 알았더니 딸이 아닌가
냉큼 숨통을 끊어줘야 하는데
내 모자를 팔아도 밧줄을 살 수 없으니

광대, 리어 뒤를 쫓으며…

광대 리어. 아니 리어는 나지, 광대야 기다려라. 광대를 데
려가야지. 아니지. 내가 왕이고 네가 광대니, 광대야
기다려라. 왕도 데려가야지.

4. 네 번째 길

무대 밖에서부터 "얘들아!" 라고 부르며 등장하는 리어.

리어, 머리에 광대 모자를 썼다.

길 위에 아무도 보이지 않는다.

리어, 여기저기 찾으며…

리어 거너릴! 리건! 코딜리어! 어디 숨었을까? 어딨니? 나
와서 애비랑 놀자. 얘들아! 안 나오면 아버지 화난다.
아, 거기들 있었구나. 이리 온. 이리 오라니까. 아니 아
니야. 화 안 났다. 그냥 해 본 말이야. 이리 오래도…
거너릴! "아들이길 바랬다는 거 압니다. 당신의 이름
을 불려 받을 사내. 눈물이나 웃음이 흔해빠진 계집
은 침실에나 어울린다. 말에서 떨어지던 날 제게 칼을
쥐어주며 목을 치게 하셨죠. 내가 아끼던 말인 걸 알
면서도 복종을 가르쳐야 한다면… 나는 왕이 되고 싶
었습니다. 당신에게서 내 것을 지키기 위해." 아니야.
그 말은 죽었어야 했어. 널 다치게 하지 않았니. 아비
는 상처 난 네 얼굴이 가슴 아파서…"그랬으면 피를

닦아 주셨어야죠. 제가 당신에게 배운 건 파괴고 죽음입니다. 누구보다도 강해지자. 나를 지키기 위해서다. 난 왕이 되고 싶었습니다." 아비는 널 위해… "막내만 이뻐하셨어요." 리건! "저한텐 한 번도 곁을 내어 주지 않으셨죠. 지독한 외로움, 모멸감. 그때 결심했어요. 세상 모든 것을 밟고 일어서리라." 왕은 강해야 하니까. 호시탐탐 내 목을 노리는 수천의 칼끝에도 두려움을 보여서는 안 되지. 영원한 적도 동지도 없듯이 충신도 한순간에 역적이 되기도 하지. 누구도 믿을 수 없는 외로움. 너희가 아느냐? "아버지!" 코딜리어.

광대, 리어에게 다가온다.
광대의 머리에 왕관은 없다.

광대 뭐 하시오?

리어 코딜리어. (그제사 정신이 드는지) 너 누구냐?

광대 나? 몰라 묻는 거요?

리어 …

광대 허깨비 놀음이라도 하신 거요? 그거 자주 하면 못써요. 정신이 병들어. 정신이 맑아야 광대지. (외발로 서며) 광대라는 것이 사람들이 보지 못하는 것도 보긴

하오만 (한쪽으로 기울며) 아차 중심 잃으면 미친놈이
요. (다른 한쪽으로 기울며) 한쪽으로 쏠리면 그냥 남루
한 놈팽이라. 광대가 되고 싶거든 중심 잘 잡고 정신
도망 안 가게 허리춤에 단단히 붙들어 매고…

리어   어디 갔었냐?

광대   그 사이 얼굴이 많이 상했군.

리어   네가 없으면 늘 그렇지.

광대   기다렸군.

리어   쉬는 중이었다.

광대   그럼 빵을 기다렸나?

광대, 리어에게 마른 빵을 내민다.

리어   이런 것도 먹나?

광대   싫으면 관두고.

광대, 빵을 맛나게 먹는다.

리어   주시오. 별미라 생각하지.

리어, 빵을 받아먹는다.

193

리어 왕이 먹기엔 거칠 거 같은데 광대라면 모를까.

광대 내 빵을 달라고? 어쩌나. 나는 왕이 아닌데.

리어 머리만 왕이고 입은 광대구나.

광대 보고도 모르나. 왕관이 없잖소.

리어 어쨌냐?

광대 왕 입에 들어가고 있지.

리어 이게 왕관이라고?

광대 빵 두 조각과 물 한 통 값밖에 안 됩디다.

리어 그건 내 거다.

광대 내 거지. 당신이 줬잖아.

리어 짐승에게 금을 준들 그 값어치를 알겠느냐? 장사치가 지가 가진 물건의 값어치를 모르는데 제대로 값을 받았을 수 있겠냐?

리어, 쓰고 있던 모자를 집어 던지며⋯

리어 왕이 없으면 광대도 없다.

광대 (모자를 주워 쓰며) 세상이 온통 당신 이야기야.

리어 내가 집을 떠난 지 사흘인가 나흘인가?

광대 그보단 오래됐지⋯

리어 광대야. 나 돌아가야겠다. 돌아가자.

광대 어디로?

리어 왕의 자리로.

광대 다시 왕으로? 거친 빵 탓이면 내 내일은 다른 걸 구해
보리다.

리어 돌아가서 다시 세워야겠다. 그게 나라든, 가족이든, 나
든, 질서를 다시 만들어야겠단 말이다.

광대 왕이 뭔지 기억도 안 날 텐데…

리어 나는 체질이다. 몸에 새긴 건 지워지지 않지.

광대 왕이 누구였는지 기억하는 백성이 몇일까?

리어 시간의 공백 따위 백성들이 전혀 못 느끼게 할 수
있다.

광대 아무리 그래도 칼도 왕관도 땅도 없는 왕을 왕이라 여
길까? 헛된 망상은 멈출 때도 되지 않았는가. 빈껍데
기 주름진 왕의 외침은 백성들에게 들리지조차 않겠
지. 동정을 구걸한다면 모를까.

리어 그만.

광대 그건 나도 알고 왕인 리어 당신도 알 터인데. 주위를
둘러봐도 당신을 왕이라 불러주는 건 나 하나야. 바람
을 불러 세워도 듣는 말은 같을걸.

리어 멍청이들. 지들이 왕에 대해 뭘 안다고 떠들어. 나 리
어는 최고의 왕이다.

광대 왕이 당신 최고의 이름이기도 하지만 당신을 추락하게 만든 이름이기도 하지.

리어 왜 온 거냐? 떠났거든 돌아오질 말지. 비난하려고? 얼마나 비참한지 확인하게… 좋은 구경거리 생겼구나.

광대 쓴 말이 필요할 거 같아서. 친구가 아니면 누가 해.

리어 친구? 광대인 네가 나랑? 헛웃음이 나는군. 나는 왕이다. 너는 뒹구는 낙엽만큼이나 하찮은 광대고. 내가 거느린 광대가 손으로 세고도 모자란다. 내가 정복한 땅이 세상의 절반이다. 내 땅을 밟지 않고는 산을 넘을 수도, 바다를 건널 수도 없다.

광대 기억력도 늙었나. 예전 일을 마치 지금도 그런 듯이 말하네.

리어 시간이 아무리 지나고 내가 아무리 누더기를 걸치고 있다 해도 나한테 함부로 대해도 된다는 뜻은 아니다.

광대 삐뚤어지고, 뒤틀리고… 세월이 얼굴에만 주름을 만든 게 아니군.

리어 가라. 난 백성에게 돌아갈 준비를 해야겠다.

광대 아무도 왕을 기다리지 않는다면?

리어 아직 남아 있을 거다. 왕이 돌아오길… 내가 왕인 나라의 백성이 되길… 나를 보고 싶어 하는 백성이 아직 많을 거다. 진정한 왕이 뭔지 아는 사람.

리어, 손이 떨리고 불안한 듯 얼굴을 감싼다.

리어　많이도 필요 없어 딱 한 명이라도…

광대　저러다 병나 죽겠네.

광대, 리어를 일으켜 세운다.

광대　갑시다. 다시 왕의 자리로 돌아갑시다.

리어　내가 불쌍해 보이냐?

광대　광대가 뭐요? 왕에게 쓴 말을 하는 게 광대인데 왕이 이리 비실비실 하니 단 말로 어르고 달래고. 왕이 있어야 광대도 있을 거 아니요. 늙은이 병수발이나 하며 살 수는 없는 거 아니요.

리어　할 수 있을까?

광대　전쟁터에서 당신의 말 한마디는 밭을 갈던 백성을 목숨을 걸고 싸우는 병사로도 만들었소. 백성의 현명을 믿어 봅시다. 어찌 압니까. 아비를 배신한 딸들을 벌하자고 백성들이 다시 칼을 들어 줄지.

리어　뭐라고 하지? 내가 뭐라고 했었나? 이런 왕의 기품 있는 말을 잊다니… 한심하군. 나는 끝났다. 모든 게 끝났어.

광대 당신이 왕입니까? 왕이고 싶긴 합니까?

리어 사람이라면 누구든 한 번쯤 자신이 왕이고 싶다는 생각을 할 것이다. 한 번쯤이 아니라 언제나… 사랑을 받고, 존경을 받고, 모두의 시선을 사로잡는… 그래서 자신을 왕으로 여겨주는 백성을 만나면 그의 나라가 되어주지.

광대 분별력 있고 현명한 왕은 세상 어느 꽃보다 아름다운 꽃이고, 백성에게 밥을 주고 땅을 주는 왕은 세상 어느 어미의 품보다 따듯할 거요. 왕이고 아니고는 늙은 거죽과는 상관없소. 벌과 나비가 꽃의 모양을 보고 찾는 게 아닐 테니…

리어 난 최고다. 백성은 그걸 알아야 한다. 이대로 추락하듯이 인생을 끝낼 수는 없어.

광대 리어, 다시 왕으로 섭시다.

광대, 나뭇가지로 왕관을 만들어 리어에게 씌워준다.

광대 자, 세상을 향해, 백성을 향해 말 하시오. 누가 왕인지…

리어 나는 리어. 내가 왕이다.

광대 왕은 인간세계와 신의 세계의 연결하는 통로요. 추해서는 안 되지.

리어 (목소리를 바꿔서 다른 느낌으로) 나는 왕이다.

광대 너무 무거워. 나이가 들어 보일 거야.

리어 (목소리를 바꿔서 다른 느낌으로) 나는 왕이다. 나 리어는 신에게로 통하는 이름이다.

광대 이건 너무 가벼워. 왕의 권위가 무너져.

리어 모르겠어. 내 목소리가 뭐였는지. 완전 엉망이야.

광대 '나는 왕이다.' 그거 말고는 할 말이 그리 없나. 아무 말이라도 좋아. 하고 싶은 말이 있을 거잖아.

리어 하고 싶었던 말이 있긴 있었나. 이런 내가 왕이 맞나. 젊은 시절엔 많이도 떠들어댔었는데… 그땐 그랬지. 이런 왕이 되고 싶다. 저런 왕이 되고 싶다. 떠들어댔어. 말하는 대로 다 되는 것처럼… 세상살이가 말대로 되나. 어리석고 민망한 시간이야.

광대 어리석고 민망한 시간을 지우고 나면 우리가 살아온 시간 중에 몇 시간이나 남을까.

리어 나는 왕이 아니야. 과거형을 써야겠지. 나는 왕이 아니었다. 기억아 지워져라.

광대 당신 왕이야.

리어 끔찍한 형벌이야. 무서워.

리어, 얼굴을 묻고 운다.

광대　나이가 들더니 계집의 피가 다시 흐르나. 걸핏하면 우네. 차라리 화를 내든가.

리어　그래, 화난다. 화가 나, 미칠 지경이야. 가볍게, 너그럽게 넘기지 못하는 내가… 나 자신이 화가 나. 아무렇지 않게, 너그럽게 넘길 수 있는 왕만이 당당할 수 있는 건데… 텅 비어버린 나는 조금의 너그러움도 없어. 텅 비었음을 알기에 더 화가 나는 거야. 이럴 땐 앞을 보지 못했으면 좋겠다. 빌어먹을 늙으면 눈이라도 침침해져야지. 더 잘 보인단 말이다. 내 꼬라지가.

광대, 왕에게 신을 신겨주려는데 너무 낡았다. 자신의 신을 벗어 왕에게 신겨주고 광대는 낡은 신을 신으며…

광대　천을 구해 옷을 지어 입읍시다. 왕관도 가서 다시 찾아오리다. 지나가는 미치광이가 봐도 왕으로 보이게. 자, 어서.

왕, 아이처럼 광대의 등에 업힌다.

리어　기분이 좋아진다.

광대　옷을 덜 입어선가. 가벼워졌네.

리어　아침부터 너 찾아다니느라 발이 많이 부었다.

광대　어떤 허기든 채우고 봅시다. 여행이 끝났다는데, 우리에게 허락된 길은 더는 없다는데, 집으로 돌아가겠다는데, 세상이 어쩌겠소. 누가 어쩌겠소.

리어, '드르렁' 소리 내 코를 곤다.
길 위에 조명 들어온다.
광대 천천히 길 위를 걸으며 노래한다.

광대　살아 있는 것은 모두 변하지.
　　　변해야 살아 있는 거지.
　　　하나로 멈춘 것은 죽음이지.
　　　죽음은 변하지 않아.

리어　광대야. 네가 세상만 잘 만났으면 진짜 왕이 되었겠구나.

광대　안 잤소?

리어　뚫어진 귀라 들렸다.

광대　늙으면 잠귀만 밝아진다더니… 난 왕 그거 줘도 안 해요. 나 다시 태어나도 광대 할 거요. 그러니 당신이나 세상으로 다시 올 때 길 잃지 말고 왕으로 태어나시오. 왕이 있어야 광대놀음이 할 맛나지.

리어를 업은 광대, 길 끝으로 나간다.

5. 다섯 번째 길

경쾌한 분위기의 음악 흐른다. 스피커를 통해 사람들 수군대는 소리, 군인들 행진하는 소리 등이 들려온다…
무대 양쪽 끝에 있는 마이크에 탑 조명 들어오면 리어와 광대의 모습 실루엣으로 희미하게 보인다. 이후 두 사람 대사는 일인다역이다. 대사는 음악과 상호교감하며 진행된다.

광대   뭐라는 거야? (사람들 틈을 비집고 들어간다)

백성   사랑에 맹세는 하나여야 하는데 둘에게 한 거지.

광대   둘이 서로 시샘하는 꼴이 독사에게 물린 백성이 독사를 보는 눈초리 같았데.

백성   그놈은 둘 중에 어느 쪽을 골라잡을지, 둘 다 잡을지, 한쪽만 골라잡을지, 둘 다 집어치울지 고민을 했을 테고…

광대   (버럭) 교활한 놈. (백성들의 시선에 움찔하고는 계속하라고 손짓을 한다)

백성   둘 다 살아 있으면 꿩 잃고 매 잃는 꼴이 될 거라는 걸 계산했겠지.

광대 둘째인 과부를 제 것으로 하자니, 언니가 분통이 터질 테고, 언니를 잡자니 살아 있는 남편이 걸림돌이었겠지.

백성 없애면 되지.

꽃으로 화려하게 치장을 한 리어, 다가와서…

리어 없애. 누굴?

광대, 리어의 입을 틀어막으며… '쉿!'

리어 쉿!

광대 전쟁에 언니의 남편이 필요했을 테니… 전쟁이 끝나고 나면 큰 딸더러 남편을 죽이라고 간계를 꾸몄겠네. 근데 그놈 놈 하는 그놈이 누구요?

백성 에드먼드.

광대 (자기 목소리로) 에드먼드? 에드먼드면 형을 모함하기 위해 거짓 편지를 쓴 놈이잖아. 그런 나쁜 놈은 정의의 심판을 받았겠지.

백성 죽어야 할 놈은 안 죽고 언니가 동생을 독살하고 스스로 가슴에 칼을 꽂고 죽었어.

광대   (자기 목소리로) 죽어.

리어   죽어? 누가?

광대   아비를 배신하고 욕망에 눈이 먼 두 딸이 죽었다잖소.

리어   닥쳐라. 그럴 리 없다. 머리가 백발인 늙은 아비도 살아 있는데 저승꽃도 피지 않은 젊은것들이 죽을 리가 없다.

광대   신이 물은 죗값이라 생각하고…

리어   아비에게 지은 죄, 아비가 물어야지. 신이 왜? 신이 왜? 내게 죄를 묻고 싶거든 내 사지를 찢을 것이지… 자식을 죽여 오장육부를 찢게 하다니… 심장에 대못을 쳐도 이보단 덜 할 것이다.

리어, 머리를 가슴을 쥐어뜯는다.

리어   가야겠다.

광대   가서 뭐 하시게.

리어   만나야겠다.

광대   온기 잃은 육신이요.

리어   찾아야 해.

광대   코딜리어?

리어   마지막 남은 내 딸. 아비가 지킬 것이다.

205

리어, 나가며 절규하듯 부른다.

리어   코딜리어. 코딜리어.

광대   그래요. 찾읍시다. 왕도 아비고 거지도 아비지요. 갑시
다. 가.

광대, 리어의 뒤를 따른다.

6. 여섯 번째 길

폭풍우가 치는 길…

코딜리어의 죽음을 끌고 가는 리어, 길을 걸으며 하나둘,

입은 옷을 벗는다.

리어 삶이 준 모든 것은 필요치 않다. 따뜻한 옷도 사치다.

욕망을 걸치고 있거든 찢어버려라. 욕정이 꿈틀거리

거든 토해내고, 가면을 쓰고 있거든 던져 버려라. 맨발

로 대지를 밟아라. 짐승의 꼴이어도 살아 있는 건 살

아 있는 것만으로도 족하다.

벌거벗은 행색이 되는 리어.

리어 신들이여 빼앗아간 현명함을 돌려주소서. 진짜 원수

가 누구인지 알아볼 수 있는 눈을 주소서. 내 딸의 피

를 묻힌 놈의 손을 잘라 짐승 우리에 던질 것이오. 간

사한 속임수로 세상을 어지럽힌 놈의 목을 잘라 지옥

에 던질 것이오. 나의 이름 앞에 너희는 두려움에 떨

것이다. 세상에 죄지은 자 스스로 무릎을 꿇어라. 나의 분노가 너를 삼킬 것이다.

코딜리어! 코딜리어! 내 딸아! 어디 있느냐? 너의 입 맞춤으로 아침을 열고 너의 노랫소리로 잠이 드는 세상으로 나를 이끌어라. 가시밭길이어도 좋고, 얼음산이어도 좋다. 절벽 아래 너를 만날 수 있는 축복이 기다린다면 내 몸을 던지리라. 꽃이 피는 이유를 얘기하고 대지에 생명을 논하자.

코딜리어! 코딜리어! (리어의 눈에 코딜리어가 보인다) 코딜리어! 너로구나. 너를 찾았다. 너를 찾아 길을 걷고 또 걸었다. 신이 어리석음을 눈뜨라고 보내준 사제임을 이제야 알겠구나. (환영처럼 보이는 코딜리어에게 다가가려다 주춤 멈춰서며)

코딜리어. 나를 용서했다면 너의 미소를 보여다오. 그래. 그래, 사랑하는 내 딸. (다시 다가가며) 아비가 가르쳐 줄 게 있다. 저기를 봐라. 나무가 보이느냐. 풀도 보이고 돌멩이도 보일 테지. 세상 어떤 미물도 다스리려고 들면 아니 된다. 이치를 깨닫고 사람을 위해 써야 하지. 낮과 밤이 둘이 아니고 하나이듯, 삶과 죽음도 하나이다. 살아도 산 것이 아니요. 내가 그랬지. 죽어도 죽은 것이 아니다. 네가 그렇다. 코딜리어! 사랑하는 내 딸. 가자. 가자. 길이 더는 길이 아닌 곳으로…
광활한 대지로, 아무것도 거칠 게 없는, 그곳에선 너는
네가 아니어도 되고, 나는 내가 아니어도 되는…

광대, 뛰어오며…

광대 산 자와 죽은 자는 한 길이 아니오.

리어, 광대의 말이 들리지 않는지 계속 걷는다.

광대 리어! 리어왕이여! 그 관 내려놓으시오.
리어 코딜리어는 내 딸이다. 아비가 딸을 데려가는 거다.

광대, 관을 잡으며…

광대 죽었소.
리어 잠시 쉬고 있는 거다. 아비에게 버림받고 비통하고 원
통해서 잠시… 잠시 마음을 달래고 있을 뿐이다.
광대 더는 자신을 벌하지 마십시오. 조금 늦었을 뿐입니다.
리어 너무 늦었지.
광대 왕의 탓이 아닙니다.

리어	왕이라 부르지 마라. 땅 한 평 없는 왕이 세상에 있더냐? 아비라고도 부르지 마라. 자식 하나 없는 아비가 아비더냐?
광대	왕은 정의요. 정의는 무너지는 것이 아니요.
리어	넘치는 위로가 나를 더 비참하게 만드는구나. 나에 대한 애정과 사랑이 배어있는 언사로 아낌없이 건네는 말이 가진 자의 오만으로 들린다. 위로받길 거부하겠다. 하늘아 부서져라. 대지야 흔들려라. 지옥이 나를 삼켜도 두렵지 않다. 이곳이 지옥인 것을… 괴수가 육신을 갈기갈기 찢고 유황불이 뼈마디를 녹인다 해도 고통이 이보다 더할까. 운명아, 오너라. 이젠 네가 두렵지 않다.

광대, 처연히 걸어가는 리어를 따른다.

광대	비가 온들 걸친 옷이나 젖겠지
	젖은 옷이야 벗으면 그만이고
	바람이 거세지면 네 등 뒤로 서시오
	광대 춤 한 판이면 성난 바다도 잠든다오

광대의 걸음은 살풀이춤 같이 너울너울 댄다.

길 위로 폭풍우가 몰아친다.

리어 나고… 살고… 죽고…

광대 나고… 살고 … 죽고… 길 위에서…

거센 비바람을 뚫고 맞서며 걸음을 옮기는 리어, 걷고, 걷고, 또 걷는다.

리어 나고… 살고… 죽고…

리어, 순간 무릎이 꺾이더니 검은 피, 토해낸다.

리어 오, 전능하신 신들이여! 지금 저는 이 세상 끝으로 걸어가고 있습니다. 제가 이 고통을 더 참아 낼 수 있고, 또 거역할 수 없는 당신의 위대한 뜻에 순응해서 살아간다고 하더라도 제 육체의 보기 싫은 잔해는 타다 남은 초같이 제물에 타 없어지고 말 것입니다.

리어, 다시 일어서려 하지만 길 위에 쓰러진다.
광대, 리어에게 달려가 리어의 죽음을 끌어안는다.

광대   리어. 제발 눈을 뜨시오. 마지막 남은 숨이라도 토해내
시오. 마지막 인사라도 나눕시다. 왕을 잃은 광대는 더
는 광대가 아닌 것을… 리어, 나의 벗이여… 갑시다.
여기서 멈추면 안 되오. 아직 길이 끝나지 않았소…
아직 당신이 걷지 않은 길이 저기… 저기로… 갑시다.
세상이 허락했지만 허락하지 않은 이름, 리어…

광대, 두 죽음을 끌고 다시 길을 걷는다.

광대   나고… 살고… 죽고… 길 위에서…

길 끝으로 사라지는 광대의 모습에서 막이 내린다.

✽ 작품에 쓰인 '리어' 본문은 [세익스피어 4대 비극/신정
옥 옮김]에서 발췌.

타클라마 칸

등장인물

사내
홍숙영

무대

길 위는 표지판 하나 없다. 일상의 궤도에서 벗어나 길을 잃어버린, 막막한 그들의 상황이 설명될 수 있는 분위기였으면 좋겠다. 도시와 단절된 느낌을 주어 자연 속에 들어온 그들을 일상과 분리하기 위함이고, 자연을 실록을 배제한 사막과 가까운 모습을 원하는 건 그들 자신이 보지 못했던 또 다른 자신과 가장 닮은 모습의 환경 속에 그들을 두기 위함이다.

표지판 하나 없다.

날 좋은 날.

휑한 벌판 사이로 난 1차선 비포장도로.

뿌연 먼지바람을 뚫고 모습을 드러내는 중형차.

달리던 차가 스르르 멈춰서더니 시동이 걸리지 않는다. 그 바람에 홍숙영은 뒤에서 밀고 사내는 차 운전석에서 차를 밀며 등장한다.

홍숙영 제대로 좀 해봐.

사내 하고 있습니다.

홍숙영, 힘겹게 차를 밀고 있다.

사내 안 되는 걸 알면서도 계속하는 건 미련하거나, 무모한 겁니다.

홍숙영 시동은 내가 걸 테니까, 당신이 밀어.

홍숙영, 운전석으로 가 앉는다.

홍숙영 하나 둘 셋 하면 동시에.

사내, 우두커니 서 있다.

홍숙영 뭐해?

사내, 못마땅한 얼굴로 차를 밀 준비를 한다.

홍숙영 하나, 둘 셋…

셋과 동시에 차를 미는 사내.
홍숙영도 시동을 거는데, '펑' 소리와 함께 본네트에서 연기가 난다.
'악!' 비명을 지르며 차에서 내리는 홍숙영.

사내 사람 부르자고 했잖아요. 처음부터 내 말 듣지 이게 뭡니까?
홍숙영 (연기에 콜록거리며) 당신이 봐봐.
사내 그러고 싶은데 제가 차에 대해서 몰라요.
홍숙영 당신 알아. 안다고.
사내 글쎄요. 그쪽 기억 속에 계시는 그분은 아실지 모르지만 전 아닙니다. 몰라요.
홍숙영 정말 이럴 거야?

사내　　자꾸 이러시면 제가 굉장히 당황스러워요. 저는 당신이 알고 있는 그 사람이 아닙니다. 다시 한 번 설명 드리자면…

홍숙영　(말을 막으며) 아니, 하지 마.

사내　　혼돈을 없애 드리는 편이…

홍숙영　(말을 가로채며) 알겠다고. 그러니까… 그쪽이 하려는 말을 알고 있다고.

사내　　아직 이해를 못 한 거 같은데…

홍숙영　이해는… 천천히 합시다.

사내　　그럴 필요가 있을까요? 그럴수록 서로 힘들 뿐입니다.

홍숙영　이대로 있을 거야? 여기서 밤을 보낼 건 아니지?

사내　　저는 처음부터 이러지 말자고 했습니다. 이런다고 될 문제가 아니라고…

홍숙영　전화. 그래 전화부터 하자고…

홍숙영, 휴대전화를 찾는다.

홍숙영　내 전화기?

사내　　없어요? 어디 됐는데요?

홍숙영　알면 찾겠어?

사내　　내 것 쓰세요. (휴대전화를 보며) 죽었네. 배터리가 제로

입니다.

홍숙영 어디 있을 텐데…

홍숙영, 가방을 뒤지고 자동차 안을 살피며 휴대전화를 찾는다.

사내 차 문… 차 안쪽 손잡이 있는 데다 꽂아 두잖아요.

홍숙영, 휴대전화를 꺼내며…

홍숙영 이건 어떻게 설명할래? 나조차도 깜박하는 내 습관인데 어떻게 알았을까?

사내 …

홍숙영 당신이, 당신이 아니라면?

사내 아까 두는 거 봤어요.

홍숙영 그래. 해봐. 해 봅시다. 나도 끝이 궁금하네.

홍숙영, 휴대전화를 건다.

홍숙영 (전화기를 들고) 여보세요. 펜션이죠? 예약한 사람인데요. (듣고) 저희랑 같이 예약한 일행들은 왔나요? (듣

고) 아니요. 가긴 할 건데요. 차가 섰어요. (듣고) 글쎄
요. 여기가 어딜까요? (듣고) 7번국도 타고 오다가 53
번 국도로 빠졌어요. 내비가 가르쳐 준 대로 왔거든요.
근데 계속 같은 자리를 돈 거 같아서요. (듣고) 지도요?
지도… 잠깐만요. (지도를 찾다가) 없네요. (듣고) 주변
에 보이는 게… 큰 바위가 보이는데… 모양이요? 모양
이… 거북이 등처럼 생겼어요.

사내   저건 사람 얼굴이죠. 옆으로 봐 보세요. 보이죠?

홍숙영   (전화기를 들고) 사람 옆 얼굴 같기도 하고요.

사내   비행접시 같기도 한데…

홍숙영   (전화기를 들고) 비행접시 같기도 하고요. (듣고) 그니까
국그릇 엎어 놓은 것처럼… 아무튼, 둥그렇지만 조금
울퉁불퉁 하기도 하고… (손짓을 하며) 이렇게 생긴 거
요. 커요. 그냥 큰 바위요. (듣고) 차가 퍼졌다고요. (듣
고) 여기가 어딘 줄 알아야 설명을 하죠. 그래도 아저
씬 이 근처 사니까… 거의 다 온 거 같다니까요. 네. 빨
리 와 주세요.

홍숙영, 전화를 끊는다.

사내   여기 안답니까?

홍숙영 모른대.

사내 어떻게 찾습니까?

홍숙영 기다리래. 기다리자.

사내 말도 안 됩니다.

홍숙영 말 돼. 이 정도는 누구에게나 일어나는 흔한 일이야. 진짜 말 안 되는 건, 당신이야.

사내 전 그만 제 길을 가고 싶습니다만…

홍숙영 보내줄 거야. 하지만 지금은 아니야. 사람들 올 거니까 기다립시다.

사내, 조금 떨어진 곳으로 가서 앉는다.

사내 일을 복잡하게 만드는군요.

홍숙영 날이 풀렸기 망정이지. 날 추웠어 봐. 생각만 해도 끔찍하다.

사내 인정하면 간단합니다.

홍숙영 당신은 잠시 길을 잃은 거야.

사내 그쪽도 길을 잃은 거 같군요.

홍숙영 사람들이 올 거야. 곧 집으로 돌아갈 거고. 그럼 우린 다시 평범해질 수 있어. 예전처럼…

사내 예전으로 다시 돌아간다. (잠시) 사람들이 그런 걸 원하는 줄은 몰랐습니다.

사내, 일어서 가려는데…

홍숙영   어디 가게?

사내   담배가 떨어져서…

홍숙영   사러 가게? 여기가 어딘 줄 알고?

사내   왔던 길을 돌아 나가다 보면…

홍숙영   당신 담배 안 펴.

사내   그래요? 난 끊으려고 해도 잘 안 되던데… 의지가 강
하신 분인가 봅니다.

홍숙영   나한테 있어.

모래를 일으키며 바람이 분다.
바람을 피하는 사내와 홍숙영.
바람에 등을 지기도 하고, 손으로 가리기도 하고, 옷깃을
여미기도 한다.

사내   싫다. 정말 싫어.

사내, 차 안으로 들어간다.

홍숙영, 가방에서 담배를 꺼내 사내에게 건넨다.

사내, 담배를 받아 핀다.

홍숙영 (담배를 피워 물며) 처녀 때부터 폈어. 임신하고 잠시 끊었는데⋯ 자주는 아니고 가끔⋯ 가슴이 답답하고 숨이 잘 쉬어지지 않을 때⋯ 당신은 몰랐을 거야. 향수를 진하게 썼으니까.

사내 집이 외로웠나 봅니다.

홍숙영 당신은 외로웠던 적 없어?

사내 그러게요. 외로운 게 자연스러운 걸지도⋯

홍숙영, 담배를 끄며⋯

홍숙영 의사가 당신 해리 장애래. 당신 안에 여러 인격체가 있다는 거지. 난 받아들일 수가 없어. 당신이 쇼하는 거 같거든. 연기하는 거 같다고. 차인배. 이게 당신 이름이야. 51년을 그 이름으로 살았어. 나랑 산 지도 30년이 넘었어. 지겹겠지. 지겨울 거야. 그건 이해해. 인정도 하고. 하지만 여기까지야. 더는 가지 마. 이 길은 아니야, 여보.

사내 그쪽이 보고 있는 건 그쪽이 아는 사람이 아닙니다.

그냥 보이는 나인 거죠. 예를 들어 주위를 한번 보세
요. 흙, 풀, 길, 바위, 하늘… 보이죠? 이건 보이는 겁
니다. 보는 게 아니라, 보이는 대로 인지하는 겁니다.
인지한 걸 의심하기란 쉽지 않습니다. 저장된 기억이
'하늘이다' 하면 하늘인 겁니다. 믿는 거죠. 그러니 그
쪽 생각부터 멈추고 나를 보세요. 보란 말입니다. 그냥
보이는 대로가 아니라 내 눈을 맞추고 나를 보라고요.
그럼 그쪽도 내가 누군지 알 겁니다.

홍숙영 날 낯설게 보는 당신 눈빛부터 바꿔. 그래야 나도 당
신을 보지. 당신 보기가 불쾌하고 불편해.

사내 그쪽이…

홍숙영 (말을 끊으며) 그쪽, 이쪽, 저쪽… 내가 사거리 신호등이
야. 방향지시 하지 말랬잖아.

사내 반말이 친근함의 표시인 줄 착각하는 사람들이 많습
니다. 하지만 아닙니다. 대화를 지속하기 매우 불편하
네요.

홍숙영 그러지요. 이름을 불러주세요. 홍숙영. 내 이름은 홍숙
영이에요. 알았어요?

사내 그러죠.

홍숙영 아니. 난 당신한테 존대 안 했어. 당신도 나한테 하지
않았고. 서로 해왔던 대로 하자고.

223

사내　저는 지금껏 쭉, 한결같이 존대를 해오고 있습니다만…

홍숙영　좋아. 당신은 당신 방법으로 나는 내 방식으로 해보자.

사내　담배 하실래요?

홍숙영　뭐?

사내　얼굴이… 필요해 보이셔서…

홍숙영　나는 당신 아이도 낳았고, 당신이랑 같은 침대에서… 물론 오래전 얘기지만… 어쨌든 같은 집에서 잤고, 밥 먹고…

사내　그(쪽)… 그러니까 홍숙영 씨도 당혹스러우시겠죠. 저 또한 당혹스럽습니다. 왜 나에게 이런 일이 일어났는지… 그렇다고 어느 날 갑자기 바뀌어버린 내 인생을 그냥 받아들이고 살 수는 없는 거 아닙니까? 사실 오래전부터 의심이 들긴 했어요. 이젠 확신이 들어요. 전 분명히 바뀐 겁니다.

홍숙영　미안해.

사내, 차에서 내리며…

사내　마실 거 없습니까?

홍숙영 없어. (사내에게) 미안하고… 내가 무심했어.

사내 좀 챙기시지. 목말라 죽겠네요.

홍숙영 죽어.

사내 죽으라니요. 그걸 말이라고…

홍숙영 말을 끊으니까… 아니야. 내가 잠시 말하는 법을 잊었나봐. (사내에게) 내가 무심했다는 말까지 했지?

사내 전화라도 해봐요. 어디까지 왔는지, 오고 있긴 한 거지… 곧 어두워질 겁니다.

홍숙영 인내심도 잊었어? 당신 어른이야. 다시 하죠. 미안해요. 그리고 내가 무심했어요.

사내 그만하세요. 전 당신 남편이 아닙니다.

홍숙영 어떻게 그만둬. 멈추면 끝인데…

사내 이런 여행을 한다고 제가 그쪽 남편이 될 수는 없습니다.

홍숙영 우리가 만나러 가는 사람, 당신과 가장 오래 된 친구야. 만나면 마음 이 달라질 거야.

사내 모르는 사람이라잖아요.

홍숙영 누구에게나 몸에 밴 어린 시절이 있어. 고기 먹고 나면 옷에 냄새 배는 것처럼. 당신도 그건 거짓말 못할 걸?

사내 당신이 제 가족이라는 사람들과 만나게 했지만 전 그 사람들을 모릅니다.

홍숙영 그래 친척들 만난 건 실패했어. 하지만 돌려놓을 수
       있어.

사내 그(쪽)… 홍숙영 씨가 틀렸다는 거 증명하기가 저도 힘
       드네요.

사내, 다시 차에 탄다.
남은 배터리로 라디오를 튼다. 이리저리 채널을 돌리며…

홍숙영 작년 겨울 어머니 돌아가셨을 때, 당신 힘들었을 거야.
       상실감에 아팠겠지. 그래. 당신 안아주지 못했어. 미웠
       겠지. 정떨어졌을 거야. 그래도 한편으론 당신이… 좋
       아할 순 없겠지만… 그래도…

라디오 볼륨을 점점 크게 하는 사내.

홍숙영 사실 긴 병에 효자 없다고… 어머니 5년간 병석에 누
       워계실 때 당신 형제들 어느 누구 하나 병원비 책임
       진 사람 없었잖아. 장남이라는 죄로, 그래 난 죄 같더
       라. 당신도 무거웠잖아. 우리 힘들었어. 당신도 나랑
       같은 심정일 거라고 생각했지. 무거운 짐을 내려놓은
       것 같은… 그래도 당신 나보단 낫잖아. 내 앞에서 징

징대면 안 되지. 우리 아버진 당신보다 어린 나이에 돌아가셨어.

홍숙영, 차로 가서 라디오를 끈다.

홍숙영 시끄러워.

사내 사람들이 소리라도 듣고 우릴 찾을 거 아닙니까?

홍숙영 제발…

사내, 뭔가 말하려다 만다.

홍숙영 세월이라는 게 참… 참… 내년이면 내 나이가 아버지 돌아가셨을 때 나이네.

사내 중년이라는 게 그래요. 전쟁 같은 시기를 거쳐서 되는 거라 영광의 상처 하나씩 훈장처럼 달고 살죠. 사연 없는 인생 없다는 얘기, 중년이 되면 누구나 이해를 하게 됩니다. 밀물과 썰물이 바뀌는 것처럼 인생의 풍경이 바뀌어 버리는 거죠.

홍숙영 여보, 우리 살아온 만큼 살지 못해. 평균 수명 늘었다지만 그것도 특별한 사고 없이 안전한 일상이 보장되어야 가능한 얘기지. 우리 이러지 맙시다.

사내   그러니까 더 찾으려는 겁니다. 내가 아닌 나로 죽을 수는 없으니까요.

노을이 진다. 물감을 뿌려 놓은 듯 고운 빛깔로…
하지만 노을은 어둠이 내린다는 신호이기도 하다.

사내   하늘이 붉어지네요. 이러면 안 되는데… 곧 어두워진 다는 뜻이거든요.

홍숙영, 휴대전화를 건다.

홍숙영   (전화기를 들고) 어디쯤이세요? … 안녕하세요. 펜션 사 장님이랑 같이 오시는 거세요? 네… 바위요. 네… 바 위가 보여요? … 갓바위요? 그러고 보니 갓 모양인 것 같기도 하네요.

사내, 차에서 나온다.

홍숙영   (전화기를 들고) 그런데 왜 차가 안 보이죠?
사내   (큰소리로) 여기요! 여기요!

사내, 클랙슨을 울린다.

홍숙영 (전화기를 들고) 안 들리세요? 근처에 다른 바위가 있나요?

사내 제가 통화해 보죠.

홍숙영, 사내에게 전화기를 건넨다.

사내 (전화기를 들고) 해가 어느 쪽으로 지고 있죠?… 저는 그쪽을 모르는데요. … 네. 모릅니다. 해 지는 방향이나 말씀하시죠? 여기서 밤을 보낼 수는 없기 때문이죠. … 잠시만요. (홍숙영에게 전화기를 넘기며) 저기요. 전화 좀 받으세요. 저랑은 대화가 안 되네요. 자꾸 저더러 친구 어쩌고 하는데…

홍숙영 당신 친구니까 친구라는 거지.

사내 (수화기에 대고) 전화 끊겠습니다.

홍숙영 그런다고 전화를 그냥 끊냐. (다시 전화를 걸고는) 여보세요. 네. 여기가요… 그러니까 여기가…

사내 해가 어느 쪽으로 지는지 물어 보세요.

홍숙영 해가 어느 쪽으로 지고 있냐고… 네…

사내 바위를 중심으로…

홍숙영   바위 중심으로… 네… 왼편이요?

사내   다른 곳으로 가신 거 같은데요. 저희 쪽에서는 바위
         뒤로 해가 지고 있거든요.

홍숙영   저희는 바위 뒤쪽으로… 네… 네…

         홍숙영, 전화를 끊으며…

사내   조금 더 기다려야겠군요.

홍숙영   그런데 해가 지는 방향 말이야. 그거 어디에 서 있냐
         에 따라 다른 거 아닌가?

사내   그러네요. 어디에 서 있느냐에 따라… 어디서 보고 있
         느냐에 따라… 그게 그렇겠네요.

홍숙영   어련하실까… 바람이 차네.

사내   차에 들어가 있지 그래요.

홍숙영   나 걱정하는 거 보니까. 진짜 당신 안 같네.

         홍숙영, 차에 탄다.

홍숙영   당신도 타.

사내   무작정 기다리기엔 밤이 아직 찹니다.

홍숙영   오겠지. 누구라도… 지나가는 사람이라도 있겠지. 설

마 세상에 그렇게 많은 인간들 중에 하나가 없을까. 우리 구해줄 사람이…

사내, 차에 탄다.
그리고 잠시 그들 사이에 시간이 흐른다.

홍숙영 증명해봐. 내가 받아들일 수 있게… 증명하지 못하는 모든 이야기는 가설일 뿐이잖아. 어떤 논리로든 증명해봐. 그래야 진실이 되지.

사내 화난 거 아닙니다.

홍숙영 … 슬픈 거야.

사내 어떻게 하면 그쪽과 나, 둘 다 만족할 수 있을까요?

홍숙영 당신한테 시간을 줄 수가 없어. 우리 모두는 살고 싶은 삶을 선택할 수 있지만 그게 안 돼, 난. 난 그럴 수가 없어.

사이.

홍숙영 우리 나이가 너나 할 거 없이 사연이 많아. 시대가 그랬으니까. 당신은 6.25전쟁 치루고 십년도 채 지나지 않았을 때 태어났지. 그때는 다 가난했지. 배도 많이

고팠고. 기억 나? 국민학교 때, 지금은 초등학교지만, 학생 수만큼 교실이 없어서 오전반 오후반으로 나눠서 공부했잖아?

사내 그랬습니까?

홍숙영 그래, 그랬어. 우리 때는 집집마다 애들이 넘쳐 났으니까. 때꺼리가 없어도 일단 많이 낳고 보는 거지. 전쟁통에 하도 죽는 걸 보니까 끝까지 산다는 보장이 없다고 본 거야. 그러니 경쟁이 오죽해. 어떤 청춘이 뜨겁지 않았겠어. 하지만 우리 세대 힘들었어. 80년에 5.18, 87년에 6월 항쟁. 따지고 보면 우리 자부심 가져도 돼. 민주화된 거 우리 세대 기여도가 얼마나 높은데… 거기다 경제부흥까지. 한강의 기적. 다들 열심히 달렸지. 우리 때는 부모 부양도 당연했잖아. 자식까지 해서 책임질 가족도 많았지. IMF만 없었으면 크게는 아니어도 다들 그만 그만하게는 살았을 텐데… 화려한 이력이 한 순간에 휴지처럼 구겨졌지. 아 웃고 있어도 눈물이 난다.

사이.

홍숙영 할 말 없어?

232

사내　죄송합니다. 제가 딴 생각을 하느라… 뭐라고 하셨습니까?

홍숙영　당신, 술 들어가면 고장 난 테이프처럼 맨날 하고 또 하던 얘기야.

사내　새미없었겠네요. 저는 요즘 젊은 애들 얘기가 재미없어요. 도대체…

홍숙영　(말을 가로채며) 당신 속상했지? 그랬을 거야. 그때는 당신 얘기 잘 안 들렸어. 귀찮기도 했고, 패배자의 항변 같기도 했고, 학생운동 한번 제대로 하지도 않았으면서 마치 민주투사였던 것처럼 떠드는 꼴도 싫었고… 그런데 그게 기억이 나더라. 습관이 몸에 박히듯이 당신 말이 뇌에 박혔나봐.

사내, 차에서 내린다.

홍숙영　피하지 마.

사내　그게 아니라… 제가 좀 급해서…

홍숙영　여기서 싸.

사내　낯선 여자 앞에서 아랫도리를 까기는… 좀…

홍숙영　언제까지 낯선 여자 취급할래?

사내, 무시하고 가려는데…

홍숙영 부탁이다.

사내 저도 부탁 좀 합시다. 제가 언제까지 알아들을 수도
없는 말을 들어줘야 합니까. 난 당신 남편 아니라니
까요.

사내, 가려는데…
홍숙영, 차에서 내려 사내를 막아선다.

홍숙영 싫어. 무서워.

사내 제가 급해요.

홍숙영 당신 혼자 가버릴 수도 있잖아.

사내 환장하겠네. 그럼 이렇게 합시다. 내가 노래를 부를게
요. 그쪽 들을 수 있게… 나 진짜 급하다니까.

사내, 홍숙영을 밀치고 급하게 홍숙영의 시야에서 멀어진다.

홍숙영 왜 노래 안 불러?

아무 대답도 없다.

홍숙영   노래 부른다며?

사내   아는 노래가 없어요.

홍숙영   아무거나 해.

사내   가사가 생각나는 게 없네요.

홍숙영   내가 그 쪽으로 간다.

사내, 무대 밖에서 조용필의 〈창밖의 여자〉를 흥얼거린다.

사내   (노래) 창가에 서면 눈물처럼 떠오르는 그대의 흰 손
돌아서 눈 감으면 강물이어라
한 줄기 바람 되어 거리에 서면

혼자 남겨진 홍숙영…

홍숙영   소리가 너무 작잖아. 어디까지 간 거야?

홍숙영, 클랙슨을 세게 누르며…

홍숙영   진짜 간다.

사내, 무대 밖에서 핏대를 세우며 부른다.

사내   (노래) 그대는 가로등 되어 내 곁에 머무는

누가 사랑을 아름답다 했는가

누가 사랑을 아름답다 했는가

차라리 차라리 그대의 흰 손으로 나를 잠들게 하라

홍숙영도 사내의 노래를 따라 부른다. 최선을 다해 부르지만 음정 박자 무시다.

노을이 지나간 하늘은 어둠에게 서서히 자리를 내어준다.

홍숙영, 갑자기 비명을 지른다. '악'

사내, 급하게 달려오며…

사내   무슨 일입니까?

홍숙영, 비명을 지르며 안절부절 한다.

사내   뭐야? 뭐야?

사내, 서둘러 홍숙영의 휴대전화로 플래시 불빛을 비추면…

사내   왜요? 왜?

236

홍숙영 (울상으로) 텍사스 전기톱 살인 사건.

사내 예?

홍숙영 이렇게 깜깜한 데서 전기톱 들고 사람 막 죽인단 말이야.

사내 영화요. 살인마 나오는…

홍숙영 불빛 있는 곳으로 가자. 이런 데 너무 싫어.

  사내, 헤드라이트를 켠다.

사내 남은 배터리로 얼마간은 버틸 겁니다. 영화는 영화입니다. 영화를 진짜로 믿는 겁니까?

홍숙영 그거 진짜 있었던 일로 만든 거거든. 물론 전기톱은 아니지만… 영화란 게 원래 리얼을 근거로 판타지를 주는 거야. 사실 근거. 있을 법한 일. 있었으면 좋겠다는 욕망의 충족.

사내 나이도 있어 보이는 분이…

홍숙영 난 세상에서 제일 무서운 게 사람이야. 귀신, 그게 뭐가 무서워. 실체도 없는데… 어둠이 왜 무서운 줄 알아? 괴한이 숨어 있어서야. 집에 혼자 있을 때 누군가 있다는 느낌을 받아봐. 얼마나 공포스러운가.

사내, 한숨을 내쉬며 차에 기대앉는다.

홍숙영 밤에 자려고 누웠는데 무슨 소리가 들려서 나갔어. 마스크 쓴 사람이 손에 칼을 들고 서 있는 거야. 상상해봐. 얼마나 끔찍한가. 아직까지 우리에게 일어나지 않았다고 앞으로도 일어나지 않을 거라는 보장은 없어. 왜? 이런 일은 우리 주의에서 너무 흔하게 일어나고 있거든. 당신, 그 영화 기억나지? 텍사스 살인사건. 그거 당신이랑 같이 봤잖아. 내가 무섭다고 당신 품에 꼭 안겨서… 기억났지? 기억하지?

사내 계속 떠들면 허기만 질 텐데… 나라면 말을 줄이겠습니다.

그들 사이에 침묵이 흐르고
풀벌레 소리만 들린다.

홍숙영 노래라도 불러.

사내 아는 노래가 없어요.

홍숙영 '창밖에 여자' 아까 불렀잖아.

사내 조용필 노래는 입에 배어 있는 거죠. 습관처럼…

홍숙영 그럼 내가 말할까?

사내 노래 부르는 게 났겠네요.

홍숙영 '내 가슴에 내리는 비' 알지? (노래) 아무도 미워하지
않았고 외로움도 주지 않았는데…'

사내 (노래) 오늘 내 가슴에 쏟아지는 비
그 누구의 눈물이 비되어 쏟아지는가

홍숙영 당신 18번이야.

사내 조용필 노래가 그렇죠. 누구에게나…

홍숙영 당신 18번이라고.

사내 제가 아니라고 하면 화낼 겁니까?

홍숙영 슬플 거야.

사이.

홍숙영 왔던 길로 다시 돌아가는 건 어떨까?

사내 길도 모르잖아요. 어딘지도 모르는데 어둠 속을 걷자
고요. 더 위험할 수 있어요.

홍숙영 담배 사러 가겠다고 했잖아.

사내 그때는 어둠이 완전히 내리기 전이죠.

홍숙영 체온이 떨어지면 그땐 진짜 위험할 수도 있는데…

사내 좀 늦는 거겠죠. 우리도 여기까지 오는 데 한참 헤맸
잖아요. 이럴 때 보면 내비도 소용없어요. 자고 일어나

면 도로가 생겼다, 없어지고. 건물도 생겼다. 없어지니까요. 기계가 인간의 개발 속도를 못 따라가는 겁니다.

홍숙영 우리가 건너왔던 다리. 그거 당신이 건설한 거야. 그건 기억하지? 나도 잊고 당신 딸은 기억 못 해도 당신이 만든 다리는 알 거 아니야?

사내 지방으로 다니다 보면 낯선 길, 낯선 건물… 철마다 바뀌는 거 같아요.

홍숙영 당신 20대부터 해 오던 일이야. 다리 세우고, 길 닦고, 건물 짓고… 당신 손마디에 굳은살은 어떻게 설명할 건데?

사내 저도 차라리 그쪽이 말하는 사람이었으면 좋겠어요. 아닌데 어쩝니까.

홍숙영 그래. 가보자. 어디까지, 언제까지 모른 척, 아닌 척 할 수 있는지…

사내 …

홍숙영 그리고 나 모르는 건 좋은데 내가 그쪽한테서 '요'자를 들을 때마다 소름이 쫙 끼치면서 닭살이 돋거든. 보여?

사내 모르는 분한테 말을 놓을 순 없죠.

홍숙영 우리 이렇게 하지. 서로 말 놓는 거야. 오늘부터 친구 하면 되지.

사내   전 모르는 사람하고 친구 안 합니다.

홍숙영   알았어, 알았어. 천천히 하지, 뭐.

사내   전 그쪽 반말이 거슬립니다. 아까도 말했지만 싸가지도 없어 보이고 교육을 제대로 받지 못한…

홍숙영   (말을 가로채며) 저 배울 만큼 배웠어요. 애들 가르치는 교사라고요. 그것도 중학교 국어 교사. 교양 있을 만큼 있어요.

사내   한결 들어주기가 편안하네요. '요'를 붙이니까. 우리말이 그래요. 어렵죠. 존대어가 있어서… 가르쳐 보셨다니 더 잘 알겠네요.

홍숙영   내가 말했지. 각자 원하는 대로 하자고.

사내   …

홍숙영   동의했잖아.

사내   …

홍숙영   뭐야?

사내   …

홍숙영   말 섞지 않겠다는 거야?

사내   …

홍숙영   알았어요. 천천히 하죠, 뭐.

사내, 홍숙영을 본다.

홍숙영 당신이 원하는 대로 한다고요.

사내 다른 것도 그래 주면 좋겠네요.

사내, 트렁크를 열고 여행 가방에서 옷가지를 꺼내 입는다.

사내 준비한 옷 중에 외투 있으면 걸치세요.

홍숙영 없어요.

사내 제 거라도 괜찮으시면…

홍숙영 네.

사내, 홍숙영에게 외투를 가져다준다.

홍숙영 사진 찍으러 다니는 거 재미있어요?

사내 나이 들어 찾은 취미치고는 꽤 괜찮아요. 퇴직하고 나
니까 할 게 있어야죠. 사회서 만난 친구들은 일 얘기
가 없어지고 나니까 만나서 할 게 없어요. 동창회도 1
년에 한두 번이지. 휴대전화에 번호가 그렇게 많은데
도 걸 때가 없더라니까요. 여자들은 집에 있으면 뭐
해요? 난 할 게 없던데… 느는 게 잠밖에 없어요. TV
보다 자고, 밥 먹고 자고, 책 보다가도 자고, 계속 자는
거죠. 책도 낼 생각입니다. '길 따라 풍경을 찍다.'

홍숙영   책 제목 좋은데요.

사내   그죠?

홍숙영   저희 남편도 집에 없어요.

사내   나이 들어 이쁜 짓 하네요. 눈에 보이는 자체가 스트레스잖아요. 젊을 때야 싱싱하니까 보는 재미라도 있지. 제 말이 맞죠?

홍숙영   찾아다녀요.

사내   뭘요? 바람났어요?

홍숙영   차라리 그랬으면 좋겠네요. 자기랑 바뀐 진짜 자신을 찾아다녀요. 내가 말을 하면서도 이게 말이 되나 싶네요.

사내   마실 건 구해야겠는데…

홍숙영   뒷좌석에 보면 캔 커피 있을 거예요.

사내   아까는 없다고…

홍숙영   그때는 당신이 내 말을 자꾸 끊으니까… 죄송해요. 내가 또 규칙을 깼네요. 뒷좌석에 보세요.

사내, 뒷좌석에서 캔 커피를 꺼낸다.

홍숙영   가족이 없다고 하셨죠? 혼자 살기 외롭지 않으세요?

사내   몸 여기저기 바람구멍이 난 거 같죠.

홍숙영 애인 만들지 그래요? 요즘은 가정 있는 사람도 애인이 필수래요.

사내 남자가 중년이 되면 사랑하기가 어려워요.

홍숙영 왜요? 그쪽처럼 부양할 가족이 없으면 데이트할 시간이 많잖아요. 하긴 그쪽 나이쯤 되면 주변에 만날만한 여자가 없기도 하겠네요.

사내 사랑에 대해 기대가 없는 걸지도 몰라요. 끝을 아니까. 감동받는 일도 적고. 워낙 눈물을 잊고 살아서… 전력질주하자니, 체력도 딸리고, 열정이 식어서 가슴이 떨리지도 않고. 사랑이 나타나도 선뜻 따라나서지도 못하죠. 세상 눈치 보느라… 거기다 나이 들면서 느끼는 건 고집하고 주름인데 누가 좋아합니까?

홍숙영 여자에게 돈 쓰기 아까워진 건 아니고요?

사내 갑자기 제가 시시해지네요.

홍숙영 기분 나빠요? 그 말은 하지 말 걸 그랬나…

사내 사랑을 안 하는 건 두려워서겠죠. 상처도 받게 되고, 균형도 잃게 되고, 그러다 보면 자신까지 잃어버리게 되니까. 사랑이란 게 희생 없이는 안 되는 거잖아요. 시작을 말자. 뭐 그런 이유 아닐까요?

홍숙영 사랑 얘기 나오니까 말이 길어지네요. 사랑이 좋긴 좋네. 당신 사랑은 언제까지였어요?

244

사내   …

홍숙영   물었잖아요.

사내   나한테 묻는 거였어요?

홍숙영   그럼 나한테 물었을까요? 여긴 우리 둘뿐인데…

사내   글쎄요. 기억이… 진짜 나를 찾게 되면 그땐 알 수 있
          겠죠.

홍숙영   당신 참… 말을 찾지 못하겠네.

홍숙영의 핸드폰이 울린다.

홍숙영   (전화를 받으며) 여보세요. 어디세요?… 안 보이는데…
          제대로 찾은 거 맞아요?… 네… 맞는데요… 안 보여요.

사내, 경적을 울린다.

홍숙영   (통화 중) 들리세요? 아니요. 전화기로 말고 진짜 들리
          냐구요? 헤드라이트 켜고 있… 여보세요! 여보세요!
          배터리가 다 됐어.

잠시, 어색한 침묵이 흐른다.

홍숙영 우릴 못 찾나 봐.

사내 불 피울 거라도 찾아야겠어요.

홍숙영 같이 가요.

사내 그 사이에 올 수도 있잖아요.

홍숙영 싫어요. (앞장서며) 안 가요?

사내 그럼 그쪽이 찾아와요. 내가 기다릴게…

홍숙영 그건 더 싫어요.

사내 친구 없죠?

홍숙영 많아요.

사내 주위에 착한 사람만 있나 봅니다.

홍숙영 당신 나 기억나지? 항상 그렇게 말했잖아. 성질머리가
그래서 친구가 없는 거라고…

사내, 대답 없이 앞서 나간다.

홍숙영 같이 가.

홍숙영, 따라간다.
무대 밖에서 들리는 홍숙영의 비명.

사내 좀 떨어져서 걷죠.

연신 들리는 홍숙영의 비명.

사내 저기요. 팔을 놔야… 잠깐만요, 목은… 숨이… 막혀
서… 어딜 만져요? 거긴… 잠깐만…

사내, 불을 피울 나뭇가지를 들었다.
홍숙영, 사내에게 매미처럼 매달려 있다.

사내 이제 그만…

홍숙영, 사내에게서 떨어지며…

홍숙영 당신 결혼 전에는 나 자주 업어 줬는데…

사내, 불을 피운다.

홍숙영 춘천에 갔을 때 기억나? 계단 많던 공원. 그때도 오늘
처럼 어두울 때 도착했지. 계단 올라가면 시내가 한
눈에 보인다고… 계단 앞에서 나한테 등 내밀었잖아.
응? 기억나?

사내, 불만 피운다.

홍숙영 내가 난간 앞에서 시내 구경하고 있는데 벤치에 앉아
보라며 손수건 깔더니 내 입술을… 혀가 입안으로 쑥
들어오는가 싶더니 손이 가슴으로 쑥… 그때 나 놀란
거 연기야. 당신이 키스할 줄 알았어. 알고 벤치에 앉
은 거야.

사내, 불을 피우고는 차에 기대앉아 눈을 감는다.
홍숙영, 노래를 부른다.

사내 조용히 좀 합시다.

홍숙영 더 큰 소리로 노래를 부른다.
사내, 눈을 뜨며…

사내 진짜. 환장하겠네. 왜 그래요?
홍숙영 자지 말라구… 규칙 지킬게요.

사내, 못마땅하다.

홍숙영　몇 시에요?

사내　몰라요.

홍숙영　(손목시계를 보며) 시계를 보면 되잖아요,

사내　멈췄어요.

홍숙영　고치던가.

사내　찾질 못했어요. 요즘은 수리해서 쓰질 않나 봐요. 버리고 다시 사지.

홍국영　닮았네요. 물건도 쓰는 사람 닮는다는데…

사이…

홍숙영　당신 풍경들은 어때요? 있을 거잖아요. 지난 시간 속의 사람들…

사내　…

홍숙영　뭐라도 좋아요. 당신 추억에 내가 없더라도 좋고, 내가 나쁜 년이어도 좋으니까. 뭐든… 당신을 말해줘야 당신이 누군지 증명이 될 거 아니에요.

사내　아무리 생각해도 내가 없어요. 내가 존재하지 않는단 말입니다. 그게 나를 만들어야 하는 이유이기도 하지만…

홍숙영　당신은 살아있고 살아있는 인간은 누구든 역사가 있

어요. 그래요. 취직할 때 쓰는 자기소개서. 그거 좋다. 그게 있어야 당신 말대로 당신이 내 남편 차인배가 아니라 다른 사람으로 받아들일 거 아니에요.

사내 '들린다. 냄새가 난다'가 아니라 '듣는다. 냄새를 맡는다. 만진다. 맛본다.' 뭐 그런 것처럼, 내가 알고 한 행동들이 있어야 하는데… 그게 나니까… 자각하는 감각들을 설명할 수 있어야 내가 움직였다는 거잖아요. 그게 없어요. 왜 그런 거 있잖아요. 가만히 있어도 내 것이 되는 거 말고, 내가 내 것으로 만든 것. 그게 나니까. 그게 있어야 날 설명할 수 있는데… 나도 답답합니다.

홍숙영 연기하려면 그 정도는 준비했어야죠.

사내 당신이 말하는 나는 세상과 적당하게 속도를 맞추면서 걸어야 하고, 남들 기분 상하지 않게 웃어주고, 세상사 흘러가는 대로 충돌 없이 그저 *끄덕끄덕*… 나한테 연기가 필요하다면 내가 지금 말 한 이런 거지 같은 것들을 익혀야겠죠. 그런데 적어도, 기억은 안 나지만 적어도 이따위로 살진 않았을 거 같단 말입니다. 꿈도 없이, 꼭 병자 같은 몰골로 거울 앞에 서 있진 않을 거란 말이죠. 나는 다르게 살았을 겁니다. 이게 나일 리가 없어요.

홍숙영 아니야. 내 기억 어디를 뒤져봐도 당신 그런 모습 아니야.

사내 인간이란 게 원래 더럽고, 욕심 많고, 공격적이라, 배고프면 먹어야 하고, 먹으면 싸야 하고, 갖고 싶으면 뺏어야 하죠. 교육이라는 거 덕분에 짐승 꼴은 벗어났는지 몰라도 타고난 각자의 개성은 무시한 채 백이면 백, 모조리 같은 잣대와 기준으로 가르치다 보니 탈이 날 수밖에요. 사회일원으로 만들기 위해 공장에서 생산해 내는 생산품이란 말이죠. 우리 대다수가 품질 마크를 달기 위해 죽을힘을 다해 삽니다. 발에 맞지 않는 신발을 신으면 종일 불편하고, 아프고, 짜증나고, 신경 예민해지잖아요. 그런데 그거 아십니까? 고통이나 자극이 장시간 지속하면 무뎌진다는 거. 문제를 인식하는 세포가 죽으면서 저항하는 힘을 잃게 된다는 거죠. 인간을 똑똑하게 만들겠다는 취지의 교육은 반대로 바보를 생산하고 있다는 겁니다. 어느 정도까지 바보냐. 영어 좀 못한다고 열등한 인간 취급을 받아도 받아들인다는 거죠. 아무런 저항 없이… 그뿐인가요. 성공을 못 한 인간은 실패자라고 해도 인정하는 거죠. 정작 본인은 성공이 뭔지도 몰라요. 그냥 남들이 그러니까 그냥 실패자인 거야. 우리가 우리 스스로를 모두 실패자로 만들어 버린 거죠.

홍숙영　당신 거짓말하는 거 같지는 않아요.

사내　잠깐 사이에 대화가 재밌어졌네요.

홍숙영　당신 어떤 시간을 살았는지 몰라도 같은 시간을 산 기분이 드네요.

사내　궁금해지네요. 당신 남편이 어땠는지…

　　　사이.

홍숙영　그 사람… 그러니까 당신이 물은 내 남편은… 착했어요. 법이 하지 말라는 건 하지 않았어요. 아무리 바빠도 교통신호를 어긴 적도 없고… 세상이 윤리 교실도 아닌데… 살면서 꼭 이겨야겠다는 생각도 하지 않았을 거예요. 그랬다면 덜 억울했을지도…

사내　지루했군요.

홍숙영　그 사람이 날 닮은 걸까요? 내가 그 사람 닮은 걸까요? 나도 지루한 사람이거든요. 동료 교사들이 나보고 그래요. 내가 할 다음 행동을 알겠다나… 정해진 공식이 있다는 거죠. 그만두는 날, 나보고 그래요. 자식같이 가르치던 아이들과 헤어져 섭섭하겠다고. 아닌데… 가르칠 때마다 '내 자식 아니다'라고 생각했는데… 아름다운 나로만 보여주며 살았나 봐요.

사내 그럴 필요 없는데… 좋은 사람으로 보여 봐야 곤경에 처했을 때 찾아오는 사람 아무도 없는데…

홍숙영 사람들은 거짓을 좋아하니까… 적절히 연출하고, 정 당히 보여주고…

사내 만족감을 요구하는 거죠. 솔직한 사람과 마주하는 거 불편하니까.

홍숙영 왜 그럴까요? 왜 사람들은 있는 그대로 얘기하지 못할 까요?

사내 질문이 철학적이네요.

홍숙영 기회를 주지 않더라고요.

사내 빠져나올 수 있을 때 나오세요.

홍숙영 당신이랑 말이 하고 싶어.

사내 다시 제자리네요.

홍숙영 상황은 언제든 변해.

긴 사이…

홍숙영 나 생리가 안 나와.

사내 …

홍숙영 '나 생리가 안 나와.' 그때도 이렇게 말했다.

사내   …

홍숙영   당신 그러지 마라. 나 이제 몸도 점점 기능을 상실하고 있어.

사내   …

홍숙영, 차안에 둔 가방을 뒤져 담배를 꺼낸다.

홍숙영, 사내에게 담배를 건넨다.

홍숙영   줘?

사내   괜찮습니다.

홍숙영   (담배를 피우며) 그래 당신 담배 안 폈지.

사내   저도 한 대 주세요.

홍숙영, 사내에게 담배를 건넨다.

담배를 피우는 사내.

홍숙영   메리 죽었을 때… 하얀 포메리안… 메리도 기억 안 난다 할 거야?

사내   …

홍숙영   그때야. 끊었던 담배를 다시 핀 게… 메리 화장하고 집으로 돌아오는 길에 물도 안 넘어가더라. 숨이라도 쉬자는 생각에… (담배를 보며) 꽤 좋은 친구야. 심심하지가 않아. 생각날 때마다 피면 그만이야. 메리는 그럴 수 없지만… 생각나도 보고 싶어도 채울 방법이 없어.

사내　…

홍숙영　그날… 하늘이 너무 맑았지. 얄미울 만큼… 그랬어, 그날…

사내　…

홍숙영　그래. 내가 질투 날 만큼… 당신만 따라다닌… 나이는 좀 있었어도 건강했는데… 아무것도 먹질 않더니… 그렇게 빨리 죽을지는…

홍숙영, 참을 수 없는 슬픔이 터져 나온다.

홍숙영　(울음 섞인 목소리로) 뜨거웠을까… 땅에 묻어줄걸… 그러면 조금은 천천히… 천천히… 세상과 이별할 시간은 줄 수 있었을 텐데… 집에 들어설 때마다 그 녀석이 달려 나오는 거 같아. 꼭 그럴 것만 같아. 나도 당신만큼이나 시간에서 도망치고 싶어. 도망칠 수만 있다면… 벗어날 수만 있다면… 시간에서… 시간에서…

시간이 흐르는 동안 홍숙영의 흐느끼는 소리만 들린다.

사내   즐거운 대화였습니다.

홍숙영   당신에게도 이유가 있겠지. 당신더러 과거로 돌아가라는 말도 아니야. 일은 일어났고 그 일은 당신으로 하여금 동기가 됐겠지. 인생을 살아가려면 때때로 수정이 필요하다는 것도 알아. 알지만…

사내   말을 한다고 사실이 되는 건 아닙니다. 용서하세요.

홍숙영   뭘? 뭘? 알려줘. 그래야 용서를 하지.

홍숙영, 사내를 본다.

사내, 한참을 정지된 화면처럼 서 있다가…

사내   하늘이 맑았어. 화장터에서 돌아오던 날…

홍숙영   메리… 기억나는구나. 기억나지? 이해해. 그리고 용서도 할게. 당신도 슬펐겠지. 나도 그랬으니까. 화도 났겠지. 받아들이기 힘들었을 거야. 그런다고 당신이, 당신이 아닌 건 아니야. 당신이 살아온 시간, 그 시간 안에 나도 있고 또… 또…

사내   진아…

홍숙영   맞다. 진아. 진아 녀석 저녁은 먹었나? 전화라도 해봐야겠다. 아차, 배터리… 친구 집에 간다 그랬지?

사내   살아 있었다면…

256

홍숙영   메리 죽은 거 나도 마음 아파. 5년을 키운 녀석이야.
내가 당신보다 밥도 더 많이 줬을걸? 그런 나도 견디
잖아.

사내   찢겨진 옷도 불에 넣었다.

홍숙영   아무 말 하지 마.

사내   비. 엄청나게 쏟아 부었지. 찢겨진 몸으로 그 비를 다
맞았어, 우리 딸… 젖은 몸이 무거웠을 거야. 집으로
돌아오기엔…

홍숙영, 온몸으로 비명을 지른다.

홍숙영   아무 말도 하지 말랬지. 차라리 그 거지 같은 당신 놀
이나 계속해.

사내   진아…

홍숙영, 사내의 뺨을 때린다.

홍숙영   제발… 제발…

홍숙영, 소리를 치며 사내를 때린다.
한참을 맞아주는 사내.

홍숙영   말하지 말랬잖아. 말하지 말았어야지. 돌아올 거야. 살
         아있어. 돌아올 거야. 아주 잠깐… 잠깐…

홍숙영, 창지를 뒤틀며 터져 나오려는 울음을 누른다.

사내   울어. 차라리 울어.

홍숙영, 숨을 쉴 수가 없는지 헉헉거린다.
사내, 봉지를 꺼내 홍숙영의 입에 대준다.

사내   숨 쉬어. 숨…
홍숙영   (뿌리치며) 위선 떨지 마. 이 정도는 나 혼자 할 수 있어.
사내   내가 널 어떻게 보니?
홍숙영   내가 너한테 지옥이었구나.
사내   신을 믿지도 않는 내가 신을 원망하고 산다는 게 어떤
         건지 아니?
홍숙영   나한테서 신을 뺏을 생각은 하지도 마. 기도할 대상은
         있어야 하니까.

사내, 홍숙영과 떨어져 앉으며…

사내　알몸인 채로 다리 밑에 던져져 있더라.

홍숙영　하지 마. 돌아올 거야. 살아있다고 믿으면 돌아올 거야.

사내　진아를 다시 본 건 부검을 하고 냉동고에 누워있을 때였다. 냉장고를 열 때마다 진아가 보여.

홍숙영　나쁜 놈… 꼭 그 말을 해야 하니? 어떻게 그 말을 할 수 있어?

사내　기이한 차가움…

홍숙영　이럴 때 넌, 잔인할 정도로 친절하더라.

사내　세상이 아름답지 않고, 깨끗하지도 않다는 거 아는데 말이다. 나이 들수록 알 만큼 안다고 생각했는데… 각오도 했거든. 그런데…

홍숙영　혐오스러워.

사내　우리… 같이 있으면 그 시간에서 벗어날 수 없을 거야.

힘이 빠져나가는 홍숙영, 축 처진 몸을 차에 기댄다.
긴 사이…

사내　내가… 나 맞을까? 내가 살아 온 시간 그게 다 내가 살긴 한 건지… 나, 나를 받아들이기가 너무 힘들다. 이렇게 살았을 리가 없어. 꽤 괜찮은 시간을 사는 거라고… 의심하지 않았다. 단 한 번도… (사이) 내 시간을 받아들일 수가 없다.

홍숙영 말을 아껴. 날 돕고 싶거든…

사내 네가 하고 싶은 말을 해 준 거야.

홍숙영 침착하다, 너. 그 말을 뱉어놓고 넌 널 위하니? 나를 핑계로?

사내 너는 과거의 나를 만나고 싶어 하지만, 어제의 나는 진아가 죽으면서 끝났다.

홍숙영 그럼 진아는… 진아는 어디에다 둘까? 우리의 시간 어디쯤 내려놓을까?

사내, 눌렀던 눈물이 밖으로 나오려는 걸 다시 밀어 넣으려 하자 구토가 쏠린다.

사내. 한쪽으로 달려가 구토를 한다.

홍숙영 괜찮아?

사내 오지 마.

한참을 그러다가 사내, 다시 홍숙영에게로 온다.

홍숙영, 입가를 닦을 손수건을 건네며…

홍숙영 괜찮아?

사내   (손수건을 받아 입가를 닦으며…) 끔찍해.

홍숙영   지금은 아니야. 적절할 때 가. 너무 멀리는 말고…

사내   시간이 복수하는 거야.

홍숙영   그럴지도…

사내   (품에서 수첩 하나를 꺼낸다) 내 인생에서 일어난 모든 일을 다 적어봤어. 상처를 치유하려면 면역력이 필요하잖아. 그래질까 하고… 참 볼품없더라. 이 작은 수첩 한 권을 채우질 못해.

홍숙영   나는 몇 장이나 쓸 수 있을까. 조간신문을 읽을 때마다 중심을 잃고 휘청거리는 세상을 보면서 욕한 거… 중심을 잃지 않으려고 애쓴 거… 제대로 된 세상을 만들려면 잘 가르쳐야 한다는 생각에 열심히 치열하게 한순간도 멈춘 적이 없어. 이웃을 사랑하래서 사랑했고, 내 몸과 같이 아끼라 해서 노력했고…

사내   내가 잘되면 동생들도 잘된다고 해서 공부만 했다. 교과서가 낡아질 만큼 외우고 또 외웠다. 토목과를 가면서 이 나라에 다리는 내가 다 놓을 거로 생각했지. 사람들이 가지 못하는 곳이 없게… 열심히 일하면 잘 산다고 해서 열심히 일했다. 당신 만나 결혼했어. 따뜻한 저녁밥은 먹겠지 싶어서… 국가가 자식을 하나 낳으라니까 그렇게 했고, 내 이름으로 된 아파트를 장만

했을 땐 이젠 돈 쓰며 살아도 되겠구나 싶어서 옛 친구들 만나 소주도 샀다. 효자가 되려는 게 아니라 장남은 부모님을 모셔야 한다고 배웠으니까 배운 대로 했어. 배운 대로, 하라는 대로 다 했다. 지키라는 거 다 지키면서… 단 한 순간도 최선을 다하지 않은 시간이 없는데…

홍숙영 진아에게조차 선생님이었어. 엄마가 돼줄걸…

사내 누군가 작정하고 조작한 게 아니라면 어떻게… 왜 나에게…

홍숙영 그러게. 왜 우리에게…

사내 미치기라도 했으면 좋으련만 그것도 허락하지 않아.

홍숙영 인연을 끊을 거지? 당신이 아는 모든 거와 당신을 아는 모든 거와…

긴 사이…

홍숙영 우리 이 길 위에서 벗어날 수 없겠지?

사내 여긴 길이 아닐지 몰라. 바람이 실어다 놓은 모래 언덕일지도…

홍숙영 걸어서 가기엔 멀지도 모르겠다.

사내 차를 고쳐볼까.

홍숙영   운전은 내가 할게.

사내   길도 모르잖아. 지도도 엉터리고.

홍숙영   그럼 당신이 운전대를 잡을래?

사내   자신이 없다. 사십 년을 넘게 운전을 했는데도… 하긴 육십 년 넘게 살았는데도 사는 게 서툰데… 사십 년밖에 안 된 운전이 잘 될 리 없겠지.

홍숙영   목적지가 생기면 가게 되겠지.

사내   간다면 멀리 가 볼 거야… 돌아오는 따위 걱정하지 않아도 될 만큼…

홍숙영   그럴 수 있다면…

사내   그럴지도…

그때, 클랙슨 소리가 울린다.

홍숙영   이젠 어쩌지?

사내   글쎄…

헤드라이트 불빛이 그들을 향해 쏟아진다.

막 내린다.

어떤 이야기든 밀도 있게 펼쳐내는
단단한 기본의 힘

─『김수미 희곡집』 작품론

배선애(연극평론가)

김수미 작가의 이번 희곡집에 게재된 작품은 5편이다. 1인극부터 최대 3인극까지, 최소한의 인물이 등장하는 작품들을 모았다. 얼핏 보면 등장인물이 적기 때문에 단조롭지 않을까 하는 선입견이 생길 수도 있을 것이다. 그러나 실상 희곡에서 1인극이나 2인극은 절대 단조롭지 않다. 극작가로서의 능력을 가장 선명하고 적나라하게 보여주는 것이 1인극이나 2인극이다. 왜냐하면 최소한의 인원이 주고받는 대사를 통해 사건이 전개되고 성격을 구체화해야 하며 갈등이 무엇인지 드러내야 하는 부담이 크기 때문이다. 따라서 인물의 대사는 치밀하게 계산되어야 하며 섬세하게 배치되어야 하고, 무엇보다 관객들에게 주제를 잘 전달해야 한다. 이런 까다로운 극작술이 필요한 것이 1인극 혹은 2인극이다. 김수미 작가의 작품들은 이 까다로움을 훌륭하게 성취하고 있다. 그만큼 대사를 만들어내는 극작술의 기본기가 탄탄하다는 이야기다. 밀도 높은 대사, 잘 설정된 인물의 성격,

264

면밀히 계산된 극적 구성 등 희곡의 가장 기본적 속성들이 단단하게 밑바탕을 형성하고 있다. 김수미 작가의 내공이 돋보이는 것은 그런 단단한 극작술 위에 동시대와 공명하는 문제의식을 절묘하게 얹었다는 점이다. 관계에 대해, 인간 실존에 대해, 역사에 대해, 그리고 상실과 공허함의 정서까지 작품에 담아내면서 독자들/관객들과의 큰 공감을 이끌어내고 있다.

1. 한 사람이 들려주는 기록되지 않은 목소리들 : 〈달의 목소리〉

〈달의 목소리〉는 독립운동가 정정화의 회고록 『장강일기』를 근간으로 삼은 1인극이다. 정정화가 회고록을 쓴 이유는 명백하다. 역사에 기록되지 않은 인물들, 장면들을 잊지 않기 위해서다. 이러한 목적은 〈달의 목소리〉에서도 그대로 유지된다. 상해 임시정부로의 망명부터 시작된 정정화의 항일투쟁기는 그 자체로 극적인데, 희곡은 그 맥락을 따라가되 절대로 특정 인물의 영웅 만들기에 집중하지 않는다. 기록에서 제외된 역사, 기록되지 않은 인물들을 고스란히 펼쳐내는 것이 더 중요했다. 『장강일기』 자체가 항일투쟁기이면서 동시에 일상의 기록이라는 점을 잊지 않으면서 정정화와 상해 임시정부, 그리고 해방 이후의 조국을 펼쳐내고 있다.

작품 속에 등장하는 인물은 한 명이지만 실제로는 둘이다.

‘나’와 ‘정정화’. 『장강일기』에 서술된 내용이 중심일 때는 ‘정정화’ 스스로 발화하는 형식이고, 정정화의 행적과 다른 장면들을 구체화할 때는 ‘나’가 정정화를 ‘그녀’로 지칭하면서 객관화한다. ‘나’와 ‘정정화’를 오가는 화자의 태도 변화는 다양한 효과를 창출하는데, ‘정정화’일 때는 적극적 감정이입을 꾀하고, ‘나’일 때는 객관적 상황을 판단하게 한다. 이를 통해 조국을 잃은 망명자의 삶, 투쟁하는 투사로서의 삶은 물론이고, 여성으로서, 아내로서, 며느리로서, 임시정부 살림을 책임진 존재로서의 인간적인 면모도 입체적으로 형상화되었다. 결국 한 사람의 삶을 통해 역사를 관통하게 되는데, 이는 곧 ‘개인이 역사’라는 것을 연극적으로 증명하는 것이기도 하다.

〈달의 목소리〉는 1인극임에도 긴 시간을 압축해서 시공간의 이동이 잦은 편이기 때문에 긴장과 이완, 집중의 맥락이 생겨났다. 희곡이 한 호흡에 읽히는 이유는 여기에 있었다. 회고록을 모티프로 삼아 1인극이라는 형식을 선택했지만 인물을 이원화했고, 장면에 따라 다른 화자를 활용하여 장면의 의미를 강조하는 극작술을 선보였다. 〈달의 목소리〉는 소재적인 측면에서 자칫 지루할 수 있는 여지가 다분했다. 1인극, 회고록, 항일투쟁기 등등이 마치 역사교과서처럼 잘 알려지지 않은 역사적 인물과 사건을 나열하고 설명하는 식으로 치우칠 위험이 컸던 것이다. 이러한 우려를 마주한 김수미 작가는 영리한 선택을 하게 된 것이다.

독자들/관객들에게 가르치려 하기보다는 이해와 공감을 중심에 두고, 그것을 실현하기 위해 화자를 둘로 나누었으며, 화자가 건네는 대사들이 긴장과 이완의 극적 리듬을 만들어내도록 한 것이다. 이 덕분에 〈달의 목소리〉는 비록 한 명이 들려주는 이야기이지만 과거의 시간과 그 시간을 살아낸 인물들을 모두 아우를 수 있었고, 소리 내지 못했던 존재들이 목소리를 얻게 되었다.

2. '관계'의 역학 : 〈나는 꽃이 싫다〉, 〈집〉

〈나는 꽃이 싫다〉와 〈집〉은 '관계'와 그것의 역학에 대해 성찰하는 작품들이다.

먼저, 〈나는 꽃이 싫다〉는 모녀 이야기다. 모티프 자체로는 식상할 수 있다. 그러나 이 모녀는 뭔가 특별한 '관계'이다. 알콩달콩 혹은 지지고 볶으며 함께 살아온 모녀가 아니라 30년 만에 만나는 모녀. 그래서 이 모녀는 '관계'라는 개념이 실제보다 먼저 다가온다. 함께 시간을 보낸 모녀라면 누구나 생각하는 어떤 일들, 어떤 상황들, 어떤 심리들. 그런 것들이 필요하다고 생각하는 '관계'이기 때문에 그래서 두 사람은 꾸미고, 감추고, 없는 말을 지어내는 '꽃'이 되고자 한 것이다. 즉, 살면서 겪어본 적 없지만 '관계'에 놓인 두 사람이 관념적인 그 관계를 실천하기 위해 각자가 자신의 스타일로 꾸며낸 꽃이 된 것이다. 그래서 두 사람의 대화는 많이 어색하고 불편하며, 소통되지 않는 답답함이 연속된다.

30년 만이라고 하지만 실제로 엄마를 처음 만나는 딸은 엄마 없이도 잘 자라났다는 말이 듣고 싶었다. 그래서 근사해 보이는 옷도 빌려 입고 어색한 화장도 했고 가짜 가방도 들었다. 말버릇, 습관, 맵시 등에서 흠 잡히지 않고자 제법 번듯한 꽃으로 꾸며낸 것이다. 이건 엄마도 마찬가지다. 세밀한 매너에 집중하고 태도의 세련됨을 강조하며 과하지 않은 옷과 화장을 설명하면서 '뉘앙스가 다른' 엄마의 잔소리를 늘어놓는다. 관심을 갖고 훈계는 하되 간섭은 하지 않는 독특한 잔소리. 그러면서 중간중간 그럭저럭 괜찮게 살았다는 흔적들을 흘리며 원숙한 꽃의 모습으로 가장한다.

이렇게 서로 꽃이 된 모녀가 대화를 주고받으면서 조금씩 치장한 것들이 벗겨진다. 딸은 고등학교를 중퇴했고 술집에 나가고 있었고 노래하는 남자와 동거 중이다. 엄마에게 보여준 첫인상과는 정반대의 삶을 살아온 것이다. 엄마도 딸과 별반 다르지 않았다. 미국에 잘 적응해서 제법 근사한 간호사 경력도 있고 잘 키운 딸이 있는 엄마처럼 보였지만 실제로는 1년 전에 이혼했고, 미국에서 낳은 딸은 독립해서 엄마를 저주하고 있었으며, 유방암 때문에 한쪽 가슴을 잃었다. 서로가 서로에게 평생 동안 원망과 욕망의 대상이었던 것을 고백하지만, 보통의 모녀 관계가 될 수 없는 것을 확인하는 것이 전부인 두 사람. 건조하고 메마른 관념적 관계로서의 모녀는 영원히 화해하지 않은 채 그렇게 헤어질 것처럼 보였다. 그런데 딸의 삶이 자신의 삶과 별반 다르지 않았음에 혼자 괴로워하는 엄마에게 다가가 흔들리는 어깨를 잡아준다. 욕실에서 민낯으로, 꽃을 모두 치워버린 모습으로 서로를 보듬는 마지막 모습은 '관계'라는 것이 어떤 힘의 역학을 가지고 있는지를 보여준다.

모녀라는 혈연관계란 그런 것이다. 어색하고, 거부하고 싶고, 인정하고 싶지 않아도 서로 닮은 구석이 정말 많은 관세, 그래서 결국은 보듬을 수밖에 없는 관계. 꽃이 싫은 건 서로에게 잘 보이기 위해 가짜로 보이는 것이 싫다는 뜻이었고, 마지막 장면에 모녀가 함께 말하는 "나는 꽃이 좋다"는 어떤 꾸밈도 없는 그 존재 자체가 서로에게 꽃이라는 의미였던 것이다.

두 사람의 성격을 창조하기 위한 대사의 설정도 인상적이다. 특히 엄마의 경우 특별한 어미를 사용하는데, 반복적으로 사용하는 "~단다. ~란다."라는 어미는 일상적이지 않으면서도 거리를 두는 듯해서 딸은 물론 독자들/관객들도 위축되게 만든다. 잔소리가 잔소리로 들리지 않고 비난이나 핀잔으로 들리는 효과는 이 어미 덕분이다.

작품 속 시간은 얼마 되지 않지만 두 사람의 대사를 통해 그들의 이전 역사가 어떠했는지, 살아온 궤적이 어떤 모습이었는지를 구체적으로 알게 된 것은 대사와 구성, 인물의 성격을 효과적으로 잘 짜내는 작가의 탄탄한 기본기 덕분이다. 잘 만들어진 희곡이란 바로 이런 것이라는 것을 잘 보여준 작품이다.

〈집〉은 조금 특별한 관계에 대한 작품이다. 보통 '관계'라고 한다면 인간과 인간의 관계를 상상하지만 이 작품에서는 인간과 집, 즉 인간과 공간에 대한 관계를 그려내고 있다. 집주인이 되어버리면 죽기 전에는 나갈 수 없는 집이 있다. 집을 사는 사람들은 그 사실을 모른다. 어딘가 안락하고 평안한 집은 외부와의 접촉을 차단하게 만들고 철저하게 인간을 고립시킨다. 거주자는 집의 그 의도를 모른 채 편안한 삶에 만족하면서 시간 가는 줄을 모른다. 그러다가 문득 집이 움직인다는 것, 자신에게 최적의 상태로 맞춰준다는 것을 깨닫고 그것에 익숙해진 자신의 모습을 발견하게 되면 곧바로 집을 벗어나고자 한다. 새로 집을 사는 사람이 등장하면 어김없이 먼저 살던 사람은 죽음을 맞는다.

집이 움직인다는 발상은 매우 흥미롭다. 그 공간에 들어올 사람을 본인이 선택하는 듯한 집은 일단 새로운 주인이 된 사람에게 최선을 다한다. 불편함이 없도록 적당한 온도에 습도를 제공하고 때맞춰 창문을 열어 환기도 시키며 햇빛도 기분 좋게 조절할 줄 안다. 평온할 수 있는 모든 조건을 제공하는데, 사람들은 결국은 벗어나려고 한다. 안락한 집을 벗어나려고 애쓰는 사람을 집이 죽이는 것은 배신에 대한 응징으로 보인다. 이 기묘한 집과 사람은 도대체 어떤 관계일까?

　집이 의인화되고 성격을 부여받게 된 것은 일방향적 관계에 대한 문제제기로 해석된다. 아낌없이 다 주는 집, 쾌적함과 안락함이라는 공간이 제공할 수 있는 최대치를 선사하지만 그 속에 사는 사람은 결국은 그 집을 떠나려 한다. 일방향적 애정과 관심에 대한 부담, 주체로서의 자존감 상실, 수동적으로 변하는 일상을 견디지 못하기 때문이다. 집이 주는 안락함은 인간을 고립시켰고 그 고립된 인간을 품은 집 또한 고립된 공간이다. 집이 이토록 사람에 대해 집착하는 것은 사람이 살아야 비로소 집이라는 공간이 성립하기 때문이다. 사람은 집 없이 살 수 있지만 집은 사람 없이는 존재하기 어렵다. 그러니 필수불가결한 사람과 집의 관계가 조금 더 절실한 집의 방향으로 기울 수밖에 없는 것이다.

　〈집〉이 흥미로운 것은 '관계'에 주목했을 때, 집이 보여주는 집착이 인간관계에도 그대로 적용된다는 점이다. 필요한 모든 것을 자식에게 제공해주면서 자신의 바람대로 성장해주길 강요하는 부모, 사랑이라는 이름으로 집착하고 폭력을 행사하는 연인, 이런 양상이 〈집〉의 집과 사람 관계로 고스란히 은유되고 있다. 작가는 집과 사람, 사람과 사람, 그 어떤 관계든 일방향적인 관계는 문제가 있음을 움직이는 집을 통해 이야기하고 있다.

　집에 사는 남자가 왜 반찬 없는 즉석밥을 먹는지, 왜 푸석하게 늙어버렸는지, 왜 그렇게 애써서 집을 팔려고 하는지, 첫 장면에서 생긴 질문은 살려는 남자가 집에 들어오면서부터 죽음에 이르기까지의 과정을 통해 친절히 설명되어 있다. 김수미 작가의 희곡 중에서 비교적 친절하게 상황과 인물 심리가 잘 드러난 작품인데, 여기에는 집을 의인화한 설정도 한 몫을 했고, 그것을 표현한 지시문의 역할도 컸다. 실제 무대화되었을 때 움직이는 집을 연출가나 무대 디자이너가 어떻게 표현할 것인가가 매우 궁금하고, 현실적으로 그것이 가능할까 싶긴 한데, 읽는 희곡으로서는 집이 하나의 인물처럼 형상화되어 있고, 특정한 인물로서의 행동을 보이고 있기 때문에 무척 흥미진진하게 읽히는 작품이다.

3. 좌표를 잃은 길 위의 사람들 : 〈리어, 길을 잃다〉, 〈타클라마칸〉

〈리어, 길을 잃다〉와 〈타클라마칸〉은 몇 가지 공통점이 있다. 2인극, 길, 상실. 한 마디로 정리하면, 무언가를 상실한 두 사람이 길 위에서 어디를 향해야 할지 막막해 하는 작품이다. 재미난 것은 작품 속 인물들은 막막한데, 그것을 보고 있는 독자들/관객들은 한없이 먹먹하다는 점이다. 그 먹먹함이 여운도 길었다.

〈리어, 길을 잃다〉는 셰익스피어의 〈리어왕〉에서 작품 속에 묘사되지 않은 지점을 파고들었다. 리어왕이 사랑을 약속한 딸들에게 버림받은 이야기는 누구나 알고 있지만, 그렇게 버림받는 과정에서 첫째 딸과 둘째 딸 집을 향하는 길에 올랐다는 것은 주목

하지 않았다. 각각의 집에서 어떤 일들이 있었는지 집중할 뿐, 딸들의 집을 오가는 길 위에서 리어왕이 어떤 마음이었는지, 어떤 심정이었는지는 궁금해 하지 않았던 것이다. 그렇기 때문에 길 위에 있는 리어왕은 매우 참신한 설정이었고, 그 길에 리어왕의 단짝인 광대를 동행하게 한 것도 현명한 선택이었다.

딸들의 집으로 향한 길, 쫓겨나서 다른 목적지로 가는 길, 목적지조차 없어서 방황하는 길 등 길 위의 리어왕은 분노와 상실의 감정이 광기로까지 이어진다. 더군다나 뼈아픈 말을 서슴없이 던지는 광대 때문에 더욱 더 아프다. 김수미 작가는 원작에 있는 광대 대사를 적절하게 활용하면서도 리어왕에 대한 광대의 측은한 마음은 더욱 풍성하게 형상화했다. 거기에 적절한 언어유희까지 곁들이면서 모든 것을 잃은 리어왕의 슬픔이 역설적으로 강조되었다.

원작의 행간에 초점을 두다 보니 〈리어, 길을 잃다〉에서는 원작보다 더 근사한 리어왕이 탄생했다. 원작에서 리어왕은 정말 친아버지가 맞을까 싶을 정도로 약속을 지키지 않은 딸들에게 저주를 쏟아낸다. 코델리어의 깊은 속내를 깨닫기 전까지 두 딸에 대한 원망과 저주는 우주 끝까지 향해 있었다. 그런데 김수미 작가는 '그럼에도 아버지'라는 점을 놓지 않았다. 에드먼드 때문에 두 딸이 죽었다는 사실을 전해 듣고는 모든 분노가 에드먼드에게로 향한다. 자식 둘을 잃은 부모의 울분과 원한이 격렬하게 표현되는 것이다. 자신에 대한 사랑을 실천하지 못한 자식들에게 저주를 퍼부었지만, 그런 자식들일지라도 잃게 되니 부모로서의 분노와 회한이 밀려온 것이다. 이런 리어왕의 면모가 매우 인간적으로 느껴진다. 사랑으로 땅을 나눠주고자 한 충동도 충분히 이해될 정도의 인간적인 리어왕이었다.

광대와 주고받는 대사, 그 대사를 통해 지금은 리어왕이 어느 길 위에 있는지를 충분히 알 수 있으며, 리어왕에게 어떤 일들이 있었는지를 원작보다 더 쉽게 파악할 수 있었다. 대사를 어떻게 구성하고 연결시키고 만들어야 하는지를 잘 아는 노련한 작가의 솜씨를 볼 수 있는 작품이었다.

〈타클라마칸〉 역시 길 위가 중요 공간이다. 인물은 홍숙영과 사내. 여자만 고유명사인 것은 사내가 자신의 존재가 무엇인지 모르고 홍숙영이 부르는 차인배라는 이름조차도 자신의 것이 아니라고 하기 때문이다. 펜션을 찾아가는 길인데 해는 저물고 차는 고장났고 휴대전화는 배터리도 아슬아슬하다. 무엇 하나 기댈 곳이 없는 고립무원의 상황에 놓인 두 사람은 그제서야 조금씩 대화를 하기 시작한다. 해리성 장애 진단을 받은 사내는 자신이 누구인지 전혀 알 수 없으며 홍숙영은 지속적으로 사내의 과거를 일깨우려 한다. 누군가는 정신을 놓고 다른 한 사람은 붙잡아주려 하고, 그런 측면에서는 앞서 언급한 리어왕과 광대의 역할과 닮았다.

사내가 해리성 장애, 즉 또 다른 인격체로 주체가 분열하게 된 이유는 상실이다. 구체적으로는 살해된 딸, 조금 더 확장하면 열심히, 하라는 대로 살아온 자신의 삶을 상실했다. 장남이기에, 학교에서 하라고 해서, 부모님이 하라고 하니까, 나라에서 그러라고 해서, 그래서 그렇게 충실히 살았는데, 그렇게 열심히 살아온 증거이자 목표였던 딸이 어느 순간 주검으로 발견된 충격. 삶이 송두리째 부정당하는 상실감은 사내에게 해리성 장애를 안겨준 것이다. 딸의 상실이 사내에게만 영향을 미친 것은 아니겠지만 상대적으로 홍숙영은 사내를 돌봐야 하는 처지였기 때문에 사내만큼 정신을 놓을 수는 없었던 것이다.

누군가 오기를 기다리면서 그제야 대화를 시작하는 홍숙영과 사내. 두 사람의 티격태격하는 대화 속에 그들의 과거가, 그들의 상실이 고스란히 드러난다. 차마 입에 올리지 못했던 딸의 이야기를 하면서 고통을 수면 위에 올렸고 그 덕분에 부부는 무엇을 상실했고 그래서 어떻게 지옥 속에서 살고 있는지를 교감할 수 있었다. 독자들/관객들이 느끼는 먹먹한 아픔은 이렇게 인물들의 참고 참았다가 던지는 대사를 통해 깊이깊이 전달되었다. 이것은 차곡차곡 쌓아가는 대사의 힘이 만들어낸 효과로, 어디서 어떻게 어떤 대사로 강조하고 집중해야 하는가를 영리하게 설계한 작가의 극작술이 빛을 발하는 부분이었다. 상실 때문에 길 위에서 어디로 향할지를 모른 채 우왕좌왕 방황하는 우리들의 자

화상은 무대 위 두 명의 인물이면 충분했던 것이다.

등장하는 인물 수가 적다고, 분량이 많지 않다고 소품이 아니다. 1인극, 2인극은 인물들이 적은 만큼 그들이 만들어내는 밀도와 관계의 설정이 그만큼 치밀해야 하고 섬세해야 한다. 김수미 작가의 희곡집에 게재된 작품들은 무엇보다 문학으로서의 희곡 읽는 재미를 만끽하게 한다. 대사를 읽는 재미가 있고, 대사가 쌓이면서 인물이 도드라지고, 그 인물의 관계를 통해 갈등과 주제가 드러난다. '이 사람들이 지금까지 이렇게 살았고 그래서 여기 이 자리에 이런 모습으로 있구나'를 충분히 이해할 수 있게 차근차근 구성하고 대사를 만들어 냈다. 이러한 공감과 설득력은 김수미 작가의 탄탄한 기본기 덕분이다. 어떤 이야기를 하든, 어떤 장면을 만들고 어떤 인물을 창조하든 희곡은 대사를 통해 많은 것들이 전달되고 공유된다는 것을 알기에 그 중심인 대사를 효과적으로 창조해내는 작가의 극작술. 가장 기본이 가장 어려운 법, 김수미 작가는 가장 어려운 극작술을 구사하는 작가인 셈이다. 단단하고 탄탄한 기본기를 또 어떤 작품으로 뽐낼지, 어떤 인물과 주제로 돋보이게 할지 김수미 작가의 향후 창작활동이 더욱 더 기대가 된다.

김수미 공연 연보

• 초연

2022 〈스카프와 나이프〉 / 연출 주애리 / 극단 공연배달 탄탄 / 대학로 물빛 극장 / (12.8~12.22)

2022 〈무제의 시대〉 / 연출 송갑석 / 극단 모이공 / 씨어터쿰 / (1.21~1.30)

2021 〈잡아야 끝난다〉 / 연출 김상윤 / 극단 젊은 무대 / 공주 문예회관 소공연장 / (11.9) / 2021 공연장 상주단체 육성사업 창작 초연

2021 〈김유신 죽어서 왕이 된 이름〉 / 연출 김서현 / 극단 청년극장 / 진천군민회관 / (10.15) / 공연장상주단체 육성지원사업

2021 〈코러스〉 / 작, 연출 김수미 / 제7회 서울시민연극제 참가 / 우수상 수상 / 대학로 드림시어터 / (9.3)

2020 〈별이 쏟아진다〉 뮤지컬 / 극단 단잠 / 연출 장봉태 / GS칼텍스 예울마루 소극장 / (12.29~30)

2018 〈고래가 산다〉 / 극단 유목민 / 연출 손정우 / 대학로 예술극장 대극장 / (3.2~3.10) / 2017 창작산실 올해의 신작

2017 〈인생 오후 그리고 꿈〉 / 극단 가변, 극단 코러스 / 연출 이성구 / 강동아트센터 대극장 / (4.8) / 제2회 대한민국연극제 서울대회 금상 수상 同작품 2022. 10.20. 카자흐스탄공화국 국립 아카데미 고려극장 / 연출 강태식

2017 〈좋은 이웃〉 / 극단 수 / 연출 구태환 / 대학로예술극장 소극장 / (2017.1.7.~1.20) /2016 창작산실 올해의 신작

2016 〈각시야 각시야 우렁각시야〉 / 극단 인향 / 연출 이성권 / 김포아트홀 / (8.20) / 2016전문예술인창작지원

2016 37회 서울연극제 공식선정작 〈잔치〉 / 한양레퍼토리 / 연출 신동인 / 남산 예술센터 드라마센터 / (2016.4.29.~5.7)

2015 〈나는 꽃이 싫다〉 / 그룹 動시대 / 연출 오유경 / 소극장 씨어터 송 / (2015.12. 22.~2016.3.13) / (오유경 –서울연극인대상 연출상)

2015 〈달의 목소리〉 / 극단 독립극장 / 연출 구태환 / 소극장 알과 핵 / (8.14~9.20)

2015 제3회 여성극작가전 〈현장검증〉 / 프로젝트 아일랜드 / 연출 서지혜/ 소극장 알과 핵 / (2015.7.22~7.26)

2015 〈그녀들의 집〉그룹 動시대 / 연출 오유경 / 서초동 소극장 씨어터 송 / (5.1
~6.14) / 2015서울연극제 자유참가작 작품상 수상

2014 〈2인극페스티벌-타클라마칸〉극단 한양레파토리 / 연출 신동인 / 연우소극장
/ (11.12~11.16)

2014 〈유목민리어-리어 길을 잃다〉극단 유목민 / 연출 손정우 / 설치극장정미
소 / (4.15~4.27) - Asian Shakespeare Association (ASA) 대만 공식 초
청작 (5.)

2013 〈레몬〉극단 유목민 / 연출 손정우 / 정동세실극장 / (10.3~10.13)

2013 〈사악장〉낭독공연 / 소극장 노을 - 작/연출

2012 〈새 - 깃털의 유혹 : 국립극단 단막극연작〉연출 윤호진 / 판 / (4.21~5.13)

2011 국립극단 [판을 뒤집어라] 선정작 낭독공연 〈집〉- 작/연출

2011 〈녹색태양〉- 극단 소금창고 / 연출 이자순 / 소극장 정미소 / (12.1~12.12)

2011 〈나비효과 24〉- 극단 소금창고 / 연출 이자순 / 알과핵 소극장 / (6.8~6.19)

2011 〈문〉- 극단 숲 / 연출 임경식 / 동숭아트센터 소극장 / (6.12~6.19)

2010 공연예술창작활성화지원(서울문화재단) 〈애국자들의 수요모임〉- 극단 민예
145회 정기공연 / 연출 정현 / 아리랑아트홀 / (12.1~12.19)

2010 서울 연극제 '미래야 솟아라' 참가작 〈나비효과24〉- 극단 화 / 아르코 예술극
장 / (이자순 - 연출상 수상)

2010 무대지원금 선정작 (서울문화재단) 〈그런 눈으로 보지 마〉- 극단 미학 제17회
정기공연 / 연출 정일성 / (3.26~4.4) / 동덕여대 공연예술센터 대극장

2009 공연예술작품공모(서울문화재단) 선정작 희곡 〈지옥도 Dark Picture〉- 극단
민예 / 연출 김성환 / (9.4~9.13) / 서강대 메리홀 공연

2009 제1회 동랑희곡상 수상작 〈태풍이 온다〉극단 전망 / 제2회 2009 통영 연극예
술축제 개막공연. / 연출 심재찬 / (6.5~6.6) / 통영시민문화회관 대극장

2007 〈위험한 시선〉극단 쎄실 창작극시리즈 18번째 / 연출 이자순 / 대학로 게릴라
극장 / (7.18~7.29)

2007 〈장미를 삼키다〉로 극단 사계가 부산 연극제 참가 同 작품으로 부산 SH소극장
에서 공연 / (5.11~6.10)
      2022년 제3회 여주인공 페스티벌 특별기념 공연 - 극단 행복한 사람들/연출
      김관 / 물빛극장/ (8.3~14)

2007 무대지원 선정작 〈선지-짐승의 피〉극단 민예 142회 정기공연 / 연출 이자순 /
대학로 마로니에 극장 / (4.27~5.27)

2006 〈눈물의 여왕〉각색 / 카자흐스탄 고려극장 / 연출 강태식 / 2007년 중앙아시
아 국제 연극페스티벌 대상

2005 〈나는 날마다 죽는 연습을 한다〉극단 아루마루가 2005 일본극작가대회 참가

278

(나고야) / 일본극작가협회에서 발간하는 계간지에 수록 同작품으로 극단 아루마루가 대학로 마당세실에서 공연 / (10.7~10.30)

2004 서울시 무대공연 지원 선정작 희곡 〈바람의 딸〉 극단 민예 제134회 정기공연/ 연출 김성환 / 세우아트센타 공연 / (12.18~12.28)

2003 뮤지컬 〈애기봉〉 김포연극협회가 김포여성회관에서 공연 / (9.27~9.28) 同작품 극단 인향에 의해 김포여성회관에서 재공연/ (2004.4.5~4.7)

2002 〈이브는 아담을 사랑했을까〉 2002 혜화동 1번지 3기동인 festival 섹슈얼리티 전 참가작 / 극단 연극집단 反 / 연출 박장열 / 혜화동 1번지 / (9.19~9.29) 同작품이 사후지원금에 선정, 극단 연극집단 反이 문예회관 소극장에서 공연 / (2003.12.12~12.28)

2002 〈양파〉 극단 전망 / 연출 심재찬 / 바탕골 소극장

1999 〈귀여운 장난〉 극단 창작마을 / 연출 박혜선 / 명동예술극장 / (4.14~4.25)

1998 여성국극 〈진진의 사랑〉 (원안: 김진진 자서전) 극단 학전 / 연출 이정섭 / 학전 블루

1998 〈사랑아! 사람아!〉 / 동숭아트센타 소극장 공연 / (5.8~5.24)

1997 조선일보 신춘문예 〈부러진 날개로 날다〉(문예회관 소극장)로 데뷔

• 각색

2020 〈이스크라:잃어버린 불꽃〉 휴머노이드극 / 연출 이성구 / 대학로 [씨어터 쿰] / (3.14~3.21)

2019 〈장남 – 원작 A.범벨로프 / 번역-함영준 / 극단 코러스 / 연출 함영준 / 강동아트센터 소극장 / (10.31~11.1)

2019 〈감옥으로 간 메르타 할머니 – 원작소설 카타리나 잉엘만순드베리〉 각색 / 극단 대학로극장 / 연출 이우천 / 알과핵소극장 / (10.23~11.3)

2018 〈푸른사다리 – 원작소설 이옥수〉 각색 / 극단 치악무대 / 연출 유림 / 치악예술관 / (12.5~6)

2017 〈차남들의 세계사-원작소설 이기호〉 각색 / 극단 치악무대 / 연출 권오현 / 치악예술관 / (12.21) / 2017 공연장상주단체육성지원사업

• 윤색

2021 〈삼촌-바냐아저씨〉 / 인덕대학교

• 드라마트루그

2022 〈갈매기〉 / ㈜극단체컴퍼니/카자흐스탄 국립아카데미 고려극장 / 연출 강태식, 김준경 /대학로 동덕여대 공연예술센터 코튼홀 / (6.23~6.26) / 2022 한국 카

자흐스탄 수교 30주년 초청기념 서울공연

• 시나리오

2012　〈노크〉 – 노마드필름 제작, 이주헌 감독

2012　〈자칼이온다〉 각색 – 노마드필름 제작, 배형준 감독

2009　〈청담보살〉 – 전망좋은영화사 제작, 김진영 감독

2007~8 프라임엔터테인먼트 전속 시나리오작가 활동

2006　HD 장편영화〈형제〉 – 일본개봉, 이주헌 감독

• 드라마

2012　MBN TV영화〈노크〉 – 이주헌 감독